THiLO

Gefährlicher Einsatz in Troja

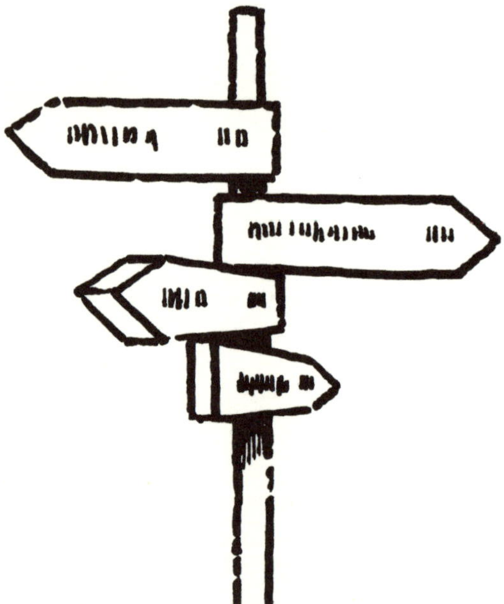

Thilo

Gefährlicher Einsatz in Troja

◀ 1001 Abenteuer ▶

Mit Illustrationen von Leopé

Loewe

Bibliografische Information Der Deutschen Bibliothek
Die Deutsche Bibliothek verzeichnet diese Publikation in der Deutschen Nationalbibliografie; detaillierte bibliografische Daten sind im Internet über *http://dnb.ddb.de* abrufbar.

Der Umwelt zuliebe ist dieses Buch auf chlorfrei gebleichtem Papier gedruckt.

ISBN-10: 3-7855-5657-8
ISBN-13: 978-3-7855-5657-3
1. Auflage 2006

Umschlagillustration: Leopé
Umschlaggestaltung: Andreas Henze
Printed in Germany (007)

www.loewe-verlag.de

Inhalt

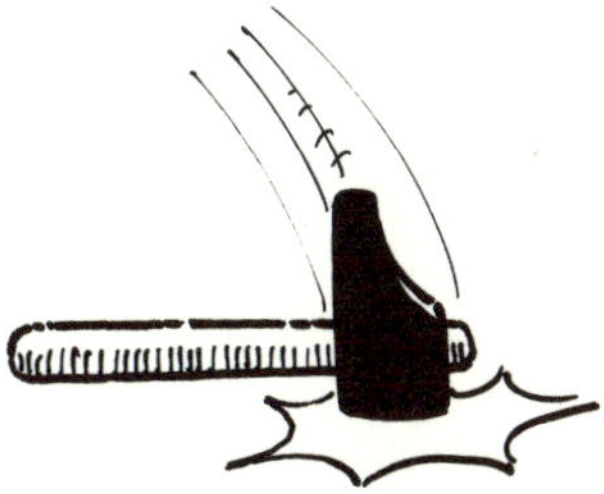

→ *In diesem Buch bist du der Held! Immer wieder ist auf den folgenden Seiten deine Entscheidung gefragt. Wie das Abenteuer weitergeht, hängt davon ab, welchen Weg du wählst. Also überlege gründlich, triff deine Entscheidung, und lies auf der angegebenen Seite weiter. Und sei vorsichtig – denn bei diesem Abenteuer könnte jeder Fehler das Ende bedeuten!*

→ Wie alles begann ...

„Hey, du! Wach auf!“ Mit diesen Worten fing alles an, eines Nachts, als du nichts ahnend in deinem Bett lagst und schliefst. Du erinnerst dich doch hoffentlich?

Eine flackernde Taschenlampe schien dir ins Gesicht. Als du endlich die Augen öffnen konntest, traf dich fast der Schlag – zwei vollkommen fremde Jungs standen vor deinem Bett. Sie mussten leise durchs Fenster geklettert sein. Beide etwa zwölf Jahre alt – so ziemlich ihre einzige Gemeinsamkeit:

Der eine klein und dick, mit wirren Haaren und einer knubbeligen Nase. Sein Hemd mühselig in den Gürtel gesteckt, aus seinen Sandalen hingen vorne handbreit die Socken heraus. Theo, wie du später erfuhrst.

Der andere – der sich höflich als Hektor vorstellte – groß, sportlich wie ein Zehnkämpfer, mit dem Aussehen eines Filmstars. Schnell fiel dir auf, dass er in jedem zweiten Satz Feinheiten aus der Geschichte der Menschheit erwähnt und alte Sprachen kennt wie andere Leute Fußballteams – kein Wunder, wenn man einen Museumsdirektor zum Vater hat. Mit einem Wort – Hektor ist ein wahrer Supermann, wäre da nicht diese unvorteilhafte Brille ... und der komische Name, mit dem ihn sein bester Freund ständig aufzieht. Wie gerne hätte Hektor einen normalen Namen – *Theo* müsste es allerdings nicht unbedingt sein.

Gib's zu: Als die beiden dir aufgeregt erklärten, warum sie gekommen waren, hast du am Anfang nur Bahnhof verstanden. Vielleicht lag es daran, dass sie sich ständig unterbrachen und herumstritten. Doch schließlich hattest du kapiert.

In „Hektors" Museum hatten die beiden Freunde in der abgebrochenen Hand einer mittelalterlichen Bronzestatue ein Stück Pergament entdeckt, das außer ihnen offenbar niemand sehen konnte. Theo hatte es herausgeholt und fassungslos festgestellt, dass es an *ihn* adressiert war! Absender: ein Magier aus dem Mittelalter.

Der Magier hatte Theo und Hektor ausgewählt, für ihn eine Reihe von gefährlichen Aufträgen zu übernehmen. Mithilfe der Bronzehand sollten sie an weit entfernte Orte und in vergangene Zeiten reisen, um anderen Gutes zu tun – egal wo und wann sie lebten.

Doch weil der Magier wusste, dass die beiden grundsätzlich unterschiedlicher Meinung sind, hatte er *dich* dazu bestimmt, sie zu begleiten und die Entscheidungen für sie zu treffen!

Natürlich musstest du schwören, kein Sterbenswörtchen zu verraten – dann habt ihr drei mitten in der Nacht einen geheimen Pakt besiegelt: das Bronzehandbündnis! Und schon am nächsten Tag wart ihr im Museum verabredet – zu eurem ersten Abenteuer ...

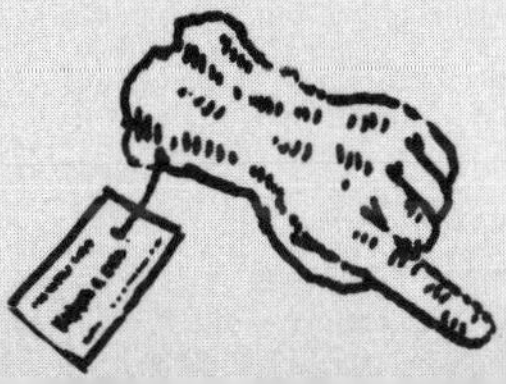

→ **Ein neuer Auftrag …** Klick! Klick! Klick! – ein ungewohntes Geräusch reißt dich aus dem Schlaf. Obwohl du noch hundemüde bist, kapierst du schnell: Jemand wirft Kieselsteine an deine Fensterscheibe.

Auf der Straße steht Hektor und winkt dir zu. Um diese Uhrzeit kann das nur eines bedeuten: Der Magier hat einen neuen Auftrag für euch!

Schnell schlüpfst du in deine Kleidung und schleichst unbemerkt aus dem Haus. Schnell, aber leise wie Katzen, lauft ihr die nächtlichen Straßen entlang. Bis zum Museum begegnet euch keine Menschenseele.

Theo erwartet euch bereits.

„Gut, dass ihr Zeit hattet!“, sagt er.

Hektor brummt nur: „Was sollten wir schon vorhaben, mitten in der Nacht?“

Er zieht den Generalschlüssel für das Museum aus der Tasche. Schon oft hatte sein Vater, der Direktor, ihn unvorsichtigerweise nicht in den Tresor gelegt, so auch gestern Abend. Hektor schließt die Tür auf.

Wie immer sorgt der Magier dafür, dass die Alarmanlage schweigt.

Als ihr drinnen seid, will Hektor wissen, woher Theo wusste, dass euch der Magier braucht.

„Mein Wecker hat um Punkt 2 Uhr geklingelt“, berichtet Theo mit hochroten Wangen. „Dabei hatte er gar keine Batterie mehr, die hab ich nämlich woanders gebraucht!“

Er zieht das Hemd hoch, das ihm rings um seinen gewaltigen Bauch aus der Hose hängt. Am Gürtel hängt ein Stab, der wie eine Taschenlampe aussieht. Sein Gewicht zieht Theo fast die Hose runter.

„Hier, mein neues Laserschwert. Original wie in Star Wars! Da kommen 28 Neun-Volt-Batterien rein!“, schwärmt er.

Hektor verdreht die Augen.

„Toll!“, meint er ironisch. „Vielleicht müssen wir ja heute Darth Vader besiegen?!“

Theo nickt freudig. „Genau, und dann bin ich bestens gewappnet – der Schurke versteht nur eine Sprache!“

Euer dicker Freund zieht den Stab aus dem Gürtel und knipst ihn an. Es macht *Wusch!* und der Museumssaal wird von neongelbem Licht erfüllt. Theo lässt das Schwert durch die Luft sausen. Zweifelnd sieht Hektor den eckigen Bewegungen seines besten Freundes zu.

„Schön, was man alles beim Seniorenturnen lernt“, meint er schließlich, „aber jetzt lasst uns endlich nach dem Auftrag sehen!“

Beleidigt steckt Theo das Schwert in den Gürtel zurück, geht aber mit euch in den Saal für Geschichte des Mittelalters.

Hier, mitten im Raum, liegt das Stück, das eurem Bündnis den Namen gab: die Bronzehand. In der Dunkelheit wirken ihre gekrümmten Finger noch gespenstischer als sonst. Im hohlen Schaft der Hand steckt ein gerolltes Stück Pergament, Theo hat sich also nicht geirrt. Hektor hebt den Glaszylinder an, Theo greift darunter und schnappt sich die Nachricht. Dann liest er:

„Paris, der Sohn des Priamos ...“

Beinahe rutscht Hektor der Glaszylinder aus der Hand.

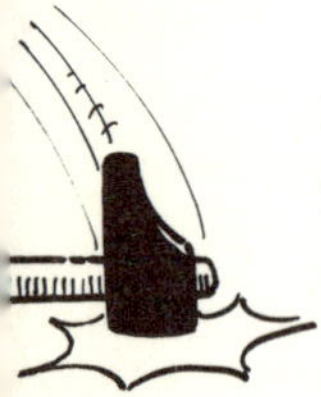

„Troja! Wir sollen tatsächlich nach Troja!“, stammelt er, in seinen Augen sammeln sich Freudentränen. Während er die Schutzvorrichtung vorsichtig abstellt, erzählt er euch: „Seit ich vier bin, träume ich davon, an der berühmtesten Schlacht der Antike teilzunehmen und Troja zu verteidigen! Der Bruder von Paris heißt nämlich Hektor! Meinem Vater gefiel der Name so gut, viel besser als Odysseus, Menelaos, Ajax, Achilles, Kalchas und ...“

Theo blickt seinen Kumpel missmutig an.

„Bist du fertig? Woher kennst du all diese Namen?“

Hektor ist aus seiner Verzückung gerissen.

„Na, aus den Gedichten des Homer! Zum Beispiel die erste Zeile der Ilias, als ...“

Du unterbrichst das Gespräch ja nur ungerne, aber langsam möchtest du doch wissen, was ihr tun sollt! Theo beginnt von vorn:

„Paris, der Sohn des Priamos, hat bei einem Staatsbesuch in Sparta die Frau des Menelaos, die schöne Helena, entführt und nach Troja gebracht.
Durch einen Schwur haben sich alle Könige Griechenlands verpflichtet, diese Schmach zu rächen und das verhasste Troja dem Erdboden gleichzumachen.
Eine Flotte mit über 1 000 Schiffen macht sich auf den Weg über das Ägäische Meer.
Weil die Stadt der Legende nach jedoch unter dem besonderen Schutz der Götter steht, dauert ihre Belagerung zehn Jahre. Dann erst, und nur durch einen Trick des listenreichen Odysseus, können die Griechen Troja erobern und niederbrennen. Diese Ereignisse liegen nun mehr als 3 000 Jahre zurück.

Bei diesen Plünderungen werden viele Frauen und Kinder geraubt und als Sklaven nach Griechenland gebracht. Allerdings könnt ihr viele von ihnen retten, denn es existiert ein vergessener geheimer Gang unter den Stadtmauern hindurch.

Zehn Jahre lang wurde die belagerte Stadt über geheime unterirdische Gänge versorgt. Doch dieser wurde schon in den ersten Kriegsmonaten unbegehbar: Der Schlüssel fehlte! In seiner Ungeduld hatte ihn der Küchenchef zerbrochen, als eine Lieferung Nachtigallenzungen, auf die er schon händeringend wartete, endlich eintreffen sollte. Wütend warf er die beiden Schlüsselteile weit von sich – direkt vor die Schnauze eines jungen Hundes, der seinen Schatz geflissentlich im Palastgarten verbuddelte. Dort werden die Teile erst 1872 von Heinrich Schliemann bei Ausgrabungen gefunden und später hier ins Museum gebracht. Es sind die Exponate 45a/1888 und 45b/1888 im Saal für Geschichte der Antike.

Ohne Schlüssel nutzlos geworden, geriet der Geheimgang in Vergessenheit. Als Einziger wurde sein Ausgang nicht von Griechen bewacht, als der Sturm auf Troja losging. – Eine Chance für

die Troerinnen, sich und ihre Kinder zu retten! Theo, bringe die beiden Teile nach Troja zurück, schmiede einen Schlüssel daraus und übergebe ihn in der Nacht der Plünderungen an die Tempeldienerin Lydia, damit sie mit ihrem Gefolge fliehen kann. Du erkennst Lydia an einem bronzenen Kamm in ihrem Haar.
Aber tu dies wie immer unauffällig, sonst schlägt der Auftrag fehl!"

„Puh!", stöhnt Theo. „Mir brummt der Kopf. So viele Namen! Ich weiß gar nichts mehr!" Ratlos kratzt er sich am Kopf.

Hektors Augen glänzen immer noch.

„Na, ist doch ganz einfach!", sagt er. „Hektor und Hektor werden Seite an Seite die Stadt verteidigen, und wenn die Griechen einfallen, übergeben wir den Schlüssel an Lydia!"

„Und jetzt los!", fügst du hinzu.

Ihr stürmt zum Saal für Geschichte der Antike. Theo bleibt ratlos vor der Vitrine mit den Bronzeschlüsseln stehen und grübelt.

Hektor ist an der Vitrine vorbeigelaufen und ruft ihm aus einer Ecke zu: „Nimm einfach den zerbrochenen! Da gibt es nur einen!"

Theo stülpt die Bronzehand über und schiebt

sich die beiden Stücke, die nebeneinander liegen, in die Hosentasche.

„Los, Hektor! Was machst du denn?“, ruft er.

Schnell flitzt eure Sportskanone zu euch.

„Nichts, nichts!“, beteuert er. Doch irgendetwas hat er zu verbergen.

Ihr fasst euch an den Händen – dir wird kalt ...

→ **Das Abenteuer beginnt!** Um euch herum verschwindet alles: die Vitrinen, die Flure, das Museum. Wie bei einer Vollbremsung fliegt ihr durch einen dunklen Tunnel. Nichts ist mehr zu erkennen, du spürst nur noch die zitternden Hände von Theo und Hektor in deinen Fäusten. Nach ein paar Sekunden stockfinsterer Nacht wird es wieder heller, zu hell, wie ein Blitz. Geblendet schließt du die Augen.

Dann schlägst du auf dem Boden auf. Hektor und Theo landen neben dir.

Du öffnest die Augen wieder und versuchst, dich blinzelnd umzusehen – erfolglos, auch hier ist tiefste Nacht. Hektor mahnt euch zur Stille. Er nimmt an, dass ihr euch mitten im schlafenden Troja befindet. Da Krieg herrscht, wird hier keiner drei wildfremden Schülern in komischen Klamotten lange zuhören.

Leise und geduckt tastet ihr euch vorwärts. Alles ist voller Zelte, aus manchen dringt lautes Schnarchen. Plötzlich steht ihr auf einem Platz, der von einem großen Feuer erhellt wird. Schnell springt ihr in den Schatten eines Zeltes zurück und betrachtet die Szene aus eurem Versteck.

Um die Flammen herum sitzen fünf Männer, bis auf ein leichtes Tuch sind sie nackt. Auf ihren Köpfen kringeln sich schwarze Locken, ihre Kinne sind von pechschwarzen, gestutzten Bärten bedeckt.

Hektor belauscht ihre Unterhaltung. Sein Vater, der Museumsdirektor, hat ihm nicht umsonst jeden Dialekt der Menschheitsgeschichte beigebracht. Auch bei diesen Männern wird Hektor sofort heraushören können, aus welchem Land sie kommen, welcher Region ihre Eltern entstammen, ob sie am Südhang aufgewachsen sind und ob sie Bohnen oder Kuchen zum Frühstück gegessen haben. Hektor spitzt die Ohren, dann wird er bleich.

„Das sind alles Griechen“, stammelt er. „Wir sind gar nicht in Troja. Wir stehen auf der anderen Seite der Schlacht!“

Theos Gesicht hellt sich auf.

„Ist doch Klasse!“, murmelt er. „Wenn ich alles richtig verstanden habe, gehören wir doch zu den Gewinnern!“

Hektor nickt, aber sein Kindheitstraum, mit dem trojanischen Helden Hektor gemeinsam zu kämpfen, wird sich nun sicher nicht erfüllen.

Viel schlimmer aber ist, dass ihr nun gewaltig in der Patsche sitzt: Wie kommt ihr in die Stadt, um Lydia zu retten? Die Griechen benötigen 10 Jahre, um die Stadtmauern zu überwinden, das wisst ihr aus der Schule und vom Magier, und ihr sollt es an einem Tag schaffen?

Du weist die beiden noch auf euer übliches Problem hin: eure Kleidung. Muskelshirt und Turnschuhe mögen bei euch der letzte Schrei sein, bei den Griechen sicher nicht. Ihr braucht neue Klamotten, bevor ihr irgendetwas unternehmen könnt.

Hektor schüttelt seine Enttäuschung ab und zeigt auf eine Zeltleine, auf der Leinentücher zum Trocknen hängen. Sie zu rauben, dürfte mitten in der Nacht kein Problem sein.

Theo hingegen hat zwischen den Zelten eine Amphore mit Wein entdeckt. Die will er bei den Wachen gegen die Tücher eintauschen.

Die beiden starren dich erwartungsvoll an. Du kennst deinen Job auf dieser Mission. Also, entscheide dich.

→ (42) **Ihr klaut die Tücher unauffällig.**

→ (32) **Ihr nehmt die Amphore und tauscht.**

→ **Als Theo vortritt,** herrscht Schweigen auf dem Platz. Nur das Knistern des Lagerfeuers ist noch zu hören. Mut und Ehre sind bei den Griechen hohe Tugenden. Wer diese verteidigt, verdient Respekt – allerspätestens bei der anschließenden Totenfeier!

Der Offizier, den Theo getreten hat, ruft ein Kommando über den Platz. Sofort eilen zwei Sklaven mit einem weingefüllten Lederschlauch herbei, ein dritter Sklave reibt ihn mit Öl ein.

Hektor flüstert euch unbemerkt die Spielregeln zu: Theo muss auf den prallen Schweinebalg steigen und ihn mit den Füßen quer über den Platz rollen. Rutscht er ab oder platzt der Balg, hat euer Freund verloren und wird als Schwächling von den Klippen gestürzt.

Theo nickt und sieht seinem Schicksal gefasst entgegen. Als ein Soldat im Lendenschurz in sein Horn bläst, beginnt das Spiel.

Schon beim Aufsteigen landet Theo beinahe im Gras (und damit im Meer ...), doch im letzten Augenblick gewinnt er das Gleichgewicht zurück. Wie auf einer spiegelglatten Eisfläche wackelt euer Freund auf dem Balg hin und her. Noch ist er keinen Millimeter weit gekommen.

Plötzlich hat Hektor eine Idee. Er schnappt sich

einen kleinen runden Weinschlauch und wirft ihn Theo in Kniehöhe zu.

Euer dicker Kumpel ist zwar unsportlich wie ein indonesisches Gürteltier, aber Fußball ist sein zweiter Vorname. Seine Siegchancen steigen um 100 Prozent. Er nimmt den kleinen Ball mit der Fußspitze auf und balanciert ihn. Mit dem anderen Fuß findet er automatisch das Gleichgewicht, als würde er täglich auf eingeölten Schweinebälgen zur Schule rollen. Während der Ball von Knie, Kopf oder Picke in die Höhe schnellt, setzt sich Theo in Bewegung.

Hektor flüstert dir zu: „Wenn Theo jetzt noch Mundharmonika spielen würde, käme Paris zurück und würde *ihn* rauben!“

Auch die Griechen sind von seiner Show so begeistert, dass sie sogar vergessen, ihre Becher zum Mund zu führen. Kurz bevor Theo am Rande des Platzes angekommen ist, ertönt ein Schrei. Der Offizier ist ebenfalls auf einen Schweinebalg gestiegen und rollt nun gekonnt auf euren Freund zu.

„Libero von hinten!“, brüllt Hektor. Theo stoppt ab, dreht sich auf dem glitschigen Untergrund und ballert dem Offizier den Weinschlauch vor den Latz. Fluchend landet der Grieche im Dreck – Theo ist Sieger!

Unter den Jubelschreien der Soldaten reißt Theo die Arme in die Höhe.

„Wow, das ist besser als der Gewinn der Champions League!“, ruft er übermütig. Gut, dass ihn in dem Gebrüll keiner versteht.

Der Offizier steht auf und umarmt ihn. So einen geschickten Waffenknecht kann er gegen die Trojaner gut gebrauchen.

„Komm, wir gehen zu Theonaldo!“, schlägt Hektor vor. „Sonst werden wir noch vergessen.“

Du zögerst einen Moment – ist das wirklich eine gute Idee?

→ 43 **Klar, ihr umarmt Theo und lasst euch feiern.**

→ 61 **Nee, ihr haltet Abstand und klatscht mit.**

→ **Agamemnon** ist der mächtigste unter den griechischen Königen. Wer sich seinem Befehl nicht beugt, bereut es schnell. Um seine Macht zu sichern, benötigt er Informationen. Deshalb möchte er von euch wissen, wie die Stimmung bei den einfachen Soldaten und den niedrigen Waffenknechten ist. Kumpelhaft umarmt er euch.

Theo reagiert reflexartig.

„Pack mich nich an, ey!“, nörgelt er und stößt die majestätische Hand zurück.

So etwas ist dem großen König noch nie passiert – zum Glück! Während er noch zögert, was er nun tun soll, habt ihr eine klitzekleine Chance, ihm zu entweichen.

Keine Zeit, abzustimmen. Du musst deiner Intuition vertrauen. Nach links oder rechts?

→ (65) **Ihr rennt links in die schmale Gasse.**

→ (71) **Ihr lauft rechts auf die breite Straße.**

→ **Phidias stolpert** vor euch her, vorbei an einer schier unendlichen Anzahl großer Zelte. Diese Unterkünfte sind aus derbem Leinen gebaut, das mittlerweile braun und grau geworden ist. Sie sind mannshoch und bestimmt zehn Meter lang. In den meisten ist es dunkel, nur in einigen brennt ein kleines Licht und wirft gespenstische Schatten an die Wände.

Vor einem der Zelte bleibt der Grieche plötzlich stehen und schlägt es auf. Jeweils acht Männer liegen hier entlang der Zeltwände links und rechts auf Fellen. Zu ihren Köpfen lehnen Schilde und Schwerter an den Holzmasten, zu ihren Füßen einfache Rüstungen aus Leder. Phidias holt ein kleines Messer aus einem Sack und schiebt es sich unter sein Gewand. Beim Hinausgehen bleibt er mit seiner Sandale an einem der Felle hängen. Eine Armee von Ungeziefer – Ameisen, Wanzen und sogar eine Ratte – flitzen darunter hervor.

„Sehr gemütlich!“, lästert Theo leise, auch dir wird leicht übel.

„In vielen griechischen Königreichen dienen die Soldaten bis zu 40 Jahre. Erst danach werden sie nicht mehr in Kriegen eingesetzt!“, erklärt euch Hektor.

Ein leichtes Schnaufen erklingt. Da ihr nieman-

den hier drin wecken wollt, sprintet ihr hinter Phidias her. Bald seid ihr auf einem riesigen Platz, auf dem es von Menschen nur so wimmelt – trotz der späten Stunde.

Phidias möchte euch mit sich zu einer Runde Griechen ziehen, die um einen riesigen Weinkrug stehen. Hektor will mitgehen, Theo lieber abwarten.

→ 47 **Jetzt geht die Party richtig los! Da wird euch ja wohl einer von der Schmiede erzählen können.**

→ 37 **Nein, danke! Diese Männer sind stockbetrunken, von denen erfahrt ihr sowieso nichts mehr. Ihr verschwindet und sucht auf eigene Faust nach der Schmiede.**

→ **Zur Stadtmauer rennen?** Gar nicht so einfach! Aus allen Zelten stürmen die griechischen Krieger herbei. Die meisten von ihnen tragen einen bronzenen Helm. Ihr Brustpanzer besteht aus zwei Metallplatten, die durch kräftige Lederbänder zusammengehalten werden. Hinter ihnen her laufen ihre Waffenknechte, fast noch Kinder, die Schwert, Lanze und Schild tragen.

Jeder der Könige formiert seine Schlachtreihen, viele Handzeichen und Kommandos sind dazu nicht nötig, denn alle kennen ihren genauen Platz. Schon nach wenigen Minuten sind die Armeen einsatzbereit. Die Knechte übergeben die Waffen und verlassen das Feld. Hektor sieht sich um.

„Achilles ist nicht dabei!“, stellt er fest. „Dann streitet er sich also immer noch mit Agamemnon!“

Achilles hält sich für den wichtigsten Krieger. Nicht ganz zu Unrecht, schließlich hatte Kalchas prophezeit, dass Troja nicht zu erobern sei, solange Achilles der Schlacht fernblieb. Als einziger Heerführer hat er dem Menelaos keine Treue geschworen und ist von dessen Befehlen unabhängig. Deshalb wünscht er stets eine persönliche Einladung zur Schlacht, doch dafür ist nun wieder Agamemnon zu stolz.

Plötzlich geht ein Raunen durch die Reihen. Aus dem Zelt tritt der strahlende Held in voller Rüstung. Offensichtlich hat er es sich doch anders überlegt.

Als habe er magische Fähigkeiten, geht allein von seiner bloßen Anwesenheit eine solche Kraft aus, dass auch seine Krieger plötzlich unbesiegbar zu sein scheinen. Ihre Körper strecken sich, ihre Gesichter entspannen sich merklich – doch sie irren.

Hektor zieht euch heran.

„Das ist nicht Achilles“, murmelt er verstört. „Sondern sein über alles geliebter Vetter Patroklos. In Achilles’ Rüstung!“

Theo schüttelt nur den Kopf. „Warum heißen die nicht mal Willi oder Ulf? Diese ganzen Namen kann sich doch kein Schwein merken!“

Hektor ignoriert die Worte seines Freundes. Traurig schüttelt er den Kopf und sagt: „Patroklos wird den heutigen Kampf nicht überleben – und wir dürfen nicht eingreifen. Wir sollten ihm in dieser schweren Stunde beistehen.“

Du wünschst dir, du hättest in der Schule besser aufgepasst, aber wer wen wann und wo besiegt, kannst du dir ja hier ansehen – wenn du Mut hast.

Theo findet die Idee gar nicht prickelnd.

„So eine Schlacht ist kein Kindergartenfest! Wir verstecken uns im Lager, bis das größte Getümmel vorbei ist."

Und was denkst du? Seid ihr mutig und bereut ihr vielleicht schon bald, oder geht ihr auf Nummer sicher, was auch schief gehen kann?

→ 97 **Eine einmalige Gelegenheit, Augenzeuge eines historischen Ereignisses zu werden! Ihr folgt den Kriegern Richtung Troja.**

→ 67 **Ihr seid nicht gekommen, um historische Schlachten zu sehen, und wer verwundet ist, kann keine Aufträge mehr erfüllen. Ihr versteckt euch im Lager, bis der Kampf vorbei ist.**

→ **Dein Balzgesang** ist perfekt. Trotzdem siehst du, wie Hektor hektisch abwinkt. Wenn du sein Gefuchtel richtig deutest, wird das Perlhuhn erst in 600 Jahren aus Afrika eingeführt – wer außer eurem wandelnden Lexikon kann denn aber auch so was ahnen.

Dann bleibt wohl nur Theos Fuß.

→ (59) **Du ziehst dein Knie an und trittst Theo auf den Fuß.**

→ **Bei den alten Griechen** war es nicht unüblich, nackt durch die Gegend zu laufen. Gymnasium heißt ja übersetzt auch Nacktschule, weil dort niemand Kleider trug.

Da es Theos Idee war, schickt ihr ihn los, die Amphore gegen die Tücher zu tauschen – nackt!

„I-i-ich?“, stammelt er entsetzt. „Aber ... ich kann doch gar kein Griechisch!“

Doch Hektor bringt ihm den Satz bei, mit dem man Tuch gegen Wein tauschen kann, nun gibt es keine Ausrede mehr. Mit hochrotem Kopf schält er sich aus Hemd und Hose. Eine quietschgelbe Unterhose mit einem Feuerwehrauto darauf kommt zum Vorschein. Als auch die gefallen ist, schreitet Theo wie ein angefahrener Gockel über den Platz, die Amphore unter den Arm geklemmt.

Beim Feuer angekommen, betet er den auswendig gelernten Satz herunter.

Die Wachen starren ihn an, einer von ihnen kneift ihm in die Hüfte.

Hektor kriegt sich nicht mehr ein vor Lachen.

„Sie haben kein Wort verstanden. Sie meinen aber, vom Weintrinken würde sein Aussehen auch nicht besser werden und er solle sich lieber etwas anziehen!“

Aus Mitleid schenken sie Theo vier Tücher – die

sollten wohl selbst für ihn reichen. Den Wein nehmen sie gerne.

Beschämt kehrt Theo zu euch zurück. Er hat zwar die Worte nicht verstanden, wohl aber das Lachen.

Hektor baut ihn wieder auf: „Wie gut, dass du immer so viel futterst. Mit deinem Übergewicht hast du uns das Leben gerettet!“

Strahlend steigt Theo in sein Tuch und knotet es über der Schulter fest. Aus dem vierten Tuch knotet er einen Beutel für eure alten Kleider und den Schlüssel, der wohlbehalten in Theos Hosentasche steckt.

Ihr zieht euch auch um. Und was jetzt?

Hektor will zu den Männern ans Feuer und sie aushorchen. Bei seinem perfekten Griechisch werden sie sicher nicht misstrauisch werden, wenn er nach einer Schmiede fragt.

Theo will sich nicht noch einmal auslachen lassen. Er zieht es vor, sich aus dem Lager zu schleichen und die Stadtmauer von Troja zu untersuchen.

→ (73) **Ihr geht zum Feuer.**

→ (44) **Ihr sucht nach einem Weg zur Stadtmauer.**

→ **Als Hektor vortritt,** geht ein Raunen durch die Menge der Soldaten. Die Musik verstummt, alle sehen zu euch herüber.

Der Offizier verkündet, dass Hektor kämpfen wird, so viel verstehst auch du.

Drei Krieger, die in ihren prachtvollen Bronzerüstungen auf niedrigen Bänken gelegen haben, stehen auf und verschwinden in der Nacht. Kurz darauf kommt einer von ihnen mit einem Pferd am Zügel wieder. Die beiden anderen führen unter Aufbietung all ihrer Kräfte einen wutschnaubenden Stier auf den Platz. Immer wieder schlägt das Tier mit den Hufen aus und wirft seinen Kopf hin und her, um den Strick abzuschütteln.

„Ich hab's geahnt!", flüstert Hektor. „Ich soll mit dem Stier kämpfen!"

Euch bleibt die Spucke weg. Das wird Hektors Ende sein!

Unter lautem Gejohle bilden hunderte von Soldaten mit ihren Schilden eine runde Arena. Das Pferd wird mit einem dicken Wollumhang geschützt, Hektor hingegen trägt nichts als sein Tuchgewand.

Kaum hat euer Freund auf dem Pferd Platz genommen – ohne Sattel selbstverständlich –, als die beiden Krieger den Stier loslassen.

Das Tier springt im Rund umher, als wolle es selbst die Luft mit seinen Hufen in Stücke hauen. Seine Augen sind weit aufgerissen und leuchten in der Dunkelheit wie glühende Kohlen. Der Offizier kippt dem Stier seinen Wein in die Augen, um ihn noch mehr zu reizen.

Hektor überlegt blitzschnell. Zwar ist er ein Supersportler, aber mit Stieren hat auch ein Karatekämpfer sehr selten zu tun.

Auf seinem Pferd umkreist er den Stier vorsichtig und lässt ihn dabei nicht aus den Augen. Plötzlich springt der Stier auf Hektor zu. Der kann das Pferd im letzten Augenblick herumreißen und ausweichen. Der Stier fällt krachend gegen die Bronzeschilde der Soldaten. Drei bleiben stöhnend im dürren Gras liegen, wie im Kampf rücken andere nach und schließen die Lücke.

Schon springt der Stier wieder auf Hektor zu, aber durch die Wucht des Sturzes ist er sichtlich benommen. Hektor nutzt die Chance und steigt ihm auf den Rücken. Noch einmal bäumt sich das Tier auf und wirft sein Haupt herum. Hektor rutscht am schweißnassen Fell ab, kann sich aber gerade noch fangen. Mit beiden Händen an den Hörnern, ringt er den Stier nieder, bis er friedlich wie ein Miezekätzchen auf der Wiese liegt.

Für einen Augenblick herrscht absolute Stille, dann klopfen die Krieger rhythmisch mit ihren Schwertern gegen die Schilde. Wie aus einem Munde brüllen sie „Hoh! Hoh! Hoh!“ über den Kampfplatz. Ihr Offizier kommt zu Hektor und drückt ihn an seine geharnischte Brust.

In dem Lärm hört nicht einmal der erschöpfte Hektor, was er sagt. Doch ihr wisst auch so, was er meint: Solche Waffenknechte hat er gerne an seiner Seite, natürlich kommt ihr mit ihm in den Kampf!

Theo stupst dich an. „Komm, wir zeigen ihnen, dass wir auch mutig sind!“

Er will den Stier streicheln.

→ 61 **Eine gute Idee. Ihr geht zu dem Tier und streichelt es.**

→ 43 **Eine schlechte Idee. Ihr geht einfach zu Hektor und lasst euch ebenfalls feiern.**

→ **Die Griechen** sehen euch böse an und ziehen ihre Schwerter. Auch wenn es vielleicht wie ein normales Fest wirken mag, diese Feier hat einen tiefen Sinn. Sie findet zu Ehren des Dionysos statt, dem Gott des Weines und der schönen Künste. Er soll mit diesem Fest geehrt werden, wo der Wein in Strömen fließt.

Wenn ihr euch als Partymuffel erweist, werden die Krieger das als Frevel deuten und kurzen Prozess machen.

Also, letzte Chance, bevor die Jungs ihre Schwerter auch benutzen. Feiert ihr mit?

→ 47 **Äh, ja, doch. Plötzlich fühlt ihr drei euch richtig gut aufgelegt. Ihr umarmt die Griechen und feiert schrecklich gerne mit.**

→ **Draußen geht nun** die Sonne auf. Wie friedlich alles aussieht!

In diesem Moment ertönen die Hörner, die Trojaner greifen die Schiffe an!

Da Hektor die Sage in- und auswendig kennt, weiß er, dass der Mann auf dem Kampfwagen an der Spitze des Kriegsheeres sein Namensvetter ist: Hektor, Königssohn aus Troja. Dieser Hektor trägt einen kunstvollen Harnisch aus Bronze, sein Helm wäre das Prunkstück jedes Museums. Wie ein Berserker schwingt er sein riesiges Schwert und teilt nach links und rechts Hiebe aus. Sich selber schützt der Recke mit einem Schild aus Eberleder.

„Das ist also der Mann, den du so bewunderst“, brummt Theo. „Na dann, herzlichen Glückwunsch!“

Hektor ist die Sache sichtlich peinlich.

Um euch rasch auf andere Gedanken zu bringen, erzählt er euch ein bisschen über den berühmten Trojanischen Krieg.

Hunderte Schlachten sind in den letzten zehn Jahren geschlagen worden, beide Seiten haben tausende ihrer Krieger verloren, doch keine Partei gibt auf. Und die schöne Helena, der Grund für den Krieg, lebt noch immer in Troja zusammen mit ihrem Entführer Paris.

Der griechische Offizier rennt schnell zu seinem Zelt. Ihr eilt ihm hinterher. In Windeseile drückt er euch eine Lanze und einen Ersatzhelm in die Hand. Dann eilt er zum Hafen und gibt euch Zeichen, ihm zu folgen.

Hektor setzt sich den Helm auf.

„Toll, so sehen die Griechen meine Brille nicht!“, rechtfertigt er sich. „Und jetzt: Auf zum Hafen, unser Herr wartet auf uns!“

Theo ist natürlich anderer Meinung.

„Viel zu gefährlich. Wir laufen zur Stadtmauer. Da stehen jetzt bestimmt die Tore offen!“

Und was meinst du?

→ (70) **Ihr zieht zum Hafen.**

→ (28) **Ihr rennt zur Stadtmauer.**

➔ Ihr schlagt das Tuch vor dem Eingang zur Seite und durchquert ein Zelt, in dem halb fertige Schwerter zu hunderten liegen. Vier riesige Zelte sind zusammengestellt worden und umschließen in der Mitte einen riesigen Innenhof. Eine brutale Hitze quillt euch entgegen. Überall liegen Baumstämme aus Olivenholz herum, Sklaven hacken sie in armlange Stücke. In einem gigantischen gemauerten Ofen prasselt ein loderndes Feuer. Die meisten Arbeiter sind bis auf einen Lendenschurz aus Leder splitternackt, die schwarzen Locken kleben ihnen an der Stirn.

„Die Waffenschmiede!“, stellt Hektor bewundernd fest.

Er betrachtet einen Schmied, der mit einem groben Hammer den Rohling eines Schwertes bearbeitet.

„Ach so!“, murmelt Theo süffisant. „Ich dachte schon, das wäre eine Gummibärchenfabrik!“

Als ihr an dem Ofen vorbeikommt, nicken euch zwei Arbeiter zu. Einer von ihnen wirft ununterbrochen Holz durch eine Luke, der andere tritt gleichmäßig auf einen Blasebalg aus Ziegenleder, um die Glut weiter anzufachen.

In einem anderen Zelt bearbeiten Kunstschmiede die groben Rohlinge mit feinen Hämmerchen und Meißeln. Unter ihren geschickten Händen entstehen in Windeseile Brustpanzer, auf denen jeder Muskel seines späteren Trägers eingearbeitet ist, und Helme, die wie angegossen passen werden.

„Wer so geschickt ist“, schlussfolgert Theo, „kann sicher auch die beiden Schlüsselteile wieder zusammenfummeln!“

Hektor ist ausnahmsweise der gleichen Meinung.

Als Theo jedoch den halbierten Schlüssel aus dem Rucksack holen will, fällt ihm einer von Hektors Turnschuhen entgegen. Schnell stopft er ihn zurück, doch es ist zu spät. Einigen Schmieden ist das Missgeschick aufgefallen. Ihre verwirrten Blicke lassen nur eine Möglichkeit zu: Verschwinden, ehe sie ihre Hämmer auf euch krumm klopfen!

Hals über Kopf rennt ihr aus der Werkstatt.

→ (56) **Ihr sprintet in das Zelt gegenüber, aus dem die leckeren Gerüche kommen.**

→ (50) **Ihr biegt um die Ecke und versteckt euch zwischen den Zelten.**

→ **Hektor legt sich** auf den staubigen Boden und robbt vorwärts. Die Tücher hängen ein Stück abseits, doch wenn die Männer im falschen Augenblick ihre Köpfe heben, können sie nicht an eurem Freund vorbeisehen.

Offenbar sind die griechischen Krieger aber bester Laune in ein Gespräch vertieft. Aus bronzenen Bechern trinken sie Wein, ihr Gelächter schallt über die ganze Ebene.

Plötzlich reißt einer von ihnen den Arm hoch und greift nach seinem Speer, der neben ihm am Boden liegt.

Du siehst den Grund für die Aufregung: Da der Boden knochentrocken ist, wirbelt der kriechende Hektor kleine Staubwolken auf, die zum Feuer hinüber wehen. Es ist nur noch eine Frage von Sekunden, bis Hektor erwischt wird!

→ (59) **Du latschst Theo voll auf den Fuß. Sein Schrei wird die Wachen von Hektor ablenken.**

→ (31) **Du legst die Hände an den Mund und ahmst den Balzgesang eines Perlhuhns nach, um die Wachen zu beruhigen.**

→ **Klar, einer von euch** hat Mut, Können und Geschicklichkeit bewiesen, aber deshalb seid ihr nicht gleich alle drei als Waffenknechte angenommen. Und wer sich Ruhm abholen will, der ihm nicht gebührt, ist bei den alten Griechen ebenso willkommen wie die Wanzen in ihren Betten.

Mit gezückten Lanzen kreisen euch fünf Soldaten ein und treiben euch aus dem Lager.

Euch wird man Manieren beibringen!

In einer Nacktschule müsst ihr unter der Aufsicht eines strengen Lehrmeisters bis an euer Lebensende griechische Vokabeln aufsagen – vorwärts und rückwärts.

→ ⊗ **Ein gymnasiastisches ENDE.**

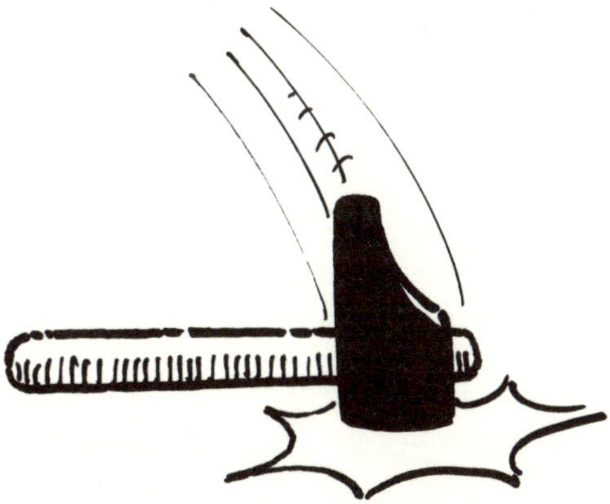

→ **Wäret ihr** die Hauptfiguren eines Zeichentrickfilms, würde nun Folgendes passieren: Leise pirscht ihr in die Richtung, wo ihr die Stadtmauer vermutet. Doch dann tritt Theo auf einen Zweig, der laut genug knackt, um noch im entferntesten Winkel den müdesten Krieger aufzuwecken. Drei Sekunden später umzingelt euch die gesamte Armee. Die Soldaten richten ihre Lanzen auf euch. Zum Glück seid ihr aber nicht in einem Film. So passiert weder das eine noch das andere.

Im fahlen Licht des Vollmonds steigt ihr auf einen Hügel und habt einen erstklassigen Ausblick auf das gigantische Lager. Zelt an Zelt drängt sich auf dieser Ebene. Tausende und abertausende von griechischen Kriegern warten hier auf die Befehle ihres obersten Anführers Agamemnon.

Was sich weiter westlich im Hafen abspielt, raubt euch den Atem. Ein Schiff liegt hier neben dem anderen, dicht gedrängt, so weit das Auge reicht. Will man vom hintersten Schiff an Land gehen, muss man ein halbes Schwein als Proviant mitnehmen.

„Boh!“, entfährt es Theo. „Das sind ja mehr Boote als bei Star Wars Raumschiffe!“

Hektor weiß es natürlich besser.

„Das sind keine Boote, sondern Biremen, Galeeren mit zwei Ruderbänken!“

Theo winkt ab.

„Mir wurscht! Hauptsache, ich muss nicht wieder rudern wie bei den Wikingern!"

Beim Anblick der etwas weiter entfernten Stadtmauer von Troja verlässt euch jedoch der Mut.

„Mann, da kommt doch keine Maus ohne Passierschein rein!", murmelt Theo.

Trotzdem wollt ihr euch die Mauer genauer ansehen. Ihr stolpert den sandigen Hügel hinunter und lauft am Ufer entlang, den Zelten am Rand des Lagers entgegen. Öllampen aus Ton erleuchten die getrampelten Wege zwischen den Zelten.

Im Laufe der letzten zehn Jahre ist aus Teilen des Lagers eine richtige Stadt geworden. Sklaven wurden im ganzen Land zusammengetrieben und arbeiten nun hier für die Griechen. Ein so großes Heer will versorgt sein! So scheint auch trotz der Uhrzeit niemand zu schlafen. Die Bedürfnisse der Flotte haben die Nacht zum Tag gemacht. Die komplette Bevölkerung dieser Zeltkleinstadt brät, backt und keltert für die Krieger, damit am Morgen – in wenigen Stunden – ein kräftigendes Frühstück auf den Tischen steht.

Plötzlich kippt vor euch in der Zeltgasse ein Karren um, die gesamte Ladung fällt in den Staub. Sofort springen Wachen herbei und brüllen auf die ungeschickten Sklaven ein. Ein Tumult entsteht.

„Besser, wir tauchen für kurze Zeit unter!“, schlägt Hektor vor.

Aus einem Zelteingang links dringen laute Geräusche, aus dem zu eurer Rechten liebliche Gerüche. Klar, wer in welchem Zelt verschnaufen möchte – und du?

→ (56) **Die Gerüche haben deinen Appetit angeregt. Ihr betretet das Zelt rechts.**

→ (40) **Die Geräusche haben deine Neugier geweckt – ist das die Schmiede? Ihr betretet das Zelt links.**

→ **Die griechischen Soldaten** greifen lachend nach drei Tonbechern. Zwei Sklaven in Lendenschurzen tragen schwitzend einen mit Wein gefüllten Lederschlauch herbei. Über einem Krug wird er geöffnet. Dickflüssiger roter Wein strömt heraus, der sofort mit Wasser vermischt wird.

Die Soldaten ziehen die Becher durch den Krug und drücken sie euch in die Hand. Während sie Gott Dionysos huldigen, kippt ihr den Inhalt der Becher unauffällig hinter euch aus. Als die Sklaven neues Holz aufs Feuer werfen, könnt ihr euch im Schein der lodernden Flammen auf dem Festplatz umsehen.

Überall stehen Männer. Die meisten von ihnen tragen lange Tücher wie ihr. Manche haben auch ihre Rüstung an. Viele haben sich bunte Bänder um die Köpfe gewickelt, einige auch dicke Verbände. Pausenlos wird neuer Wein gebracht. Die Teller hingegen sind – sehr zu Theos Leidwesen – bereits restlos geleert, nur ein paar saftige Oliven liegen noch herum.

Einige Griechen schlafen bereits auf Fellen oder einfach im Gras, andere tanzen zu den Melodien einer Doppelflöte um das Feuer.

„Kommt, wir gehen!“, sagt Theo. „Hier erfahren wir nichts über eine Schmiede.“

„Aber wir könnten uns einem Krieger als Waffenknechte anbieten – so können wir morgen während des Kampfes die Stadtmauer untersuchen!“

Bevor ihr euch entscheidet, dreht sich einer der Tänzer plötzlich um und geht auf euch zu. An dem Bronzeharnisch erkennst selbst du sofort, dass er kein einfacher Soldat ist, sondern ein Offizier sein muss. Der Mann legt Theo die Hand auf die Schulter und quatscht ihn an.

Er sei noch zu klein für so ein Fest, übersetzt Hektor leise, und sollte mal langsam in sein Heiabettchen verschwinden.

Theos Augen verdunkeln sich. Wütend tritt er dem Mann vors Schienbein. – Vielleicht nicht die richtige Art und Weise, mit einem durchtrainierten Mann umzugehen, der seit seinem fünfzehnten Lebensjahr zum Töten ausgebildet wurde. Der Grieche will sich sofort auf Theo stürzen, doch Hektor geht diplomatisch dazwischen.

Er schlägt dem Offizier einen Wettkampf vor. Gewinnt ihr, muss er euch als Waffenknechte mit in den Kampf nehmen. Verliert ihr, lasst ihr euch nie wieder hier blicken und werdet Ziegenhirten.

Kurz überlegt der Grieche, dann stimmt er nickend zu. Nur – wer von euch soll kämpfen?

Hektor ist der sportlichere und will die Ehre seines Freundes retten. Theo ist gekränkt und denkt gar nicht daran, diesen Kampf einem anderen zu überlassen. Er will zeigen, was in ihm steckt. Au Backe!

→ (34) **Du gehst auf Nummer sicher. Hektor wird euch vertreten.**

→ (22) **Theo wird nicht mehr froh, wenn er die Schmach nicht selber tilgen kann. Also darf er auch!**

→ **Einer der Männer** ist hinter euch her – sicher nicht, um sich einen Zehner wechseln zu lassen. Ihr schlagt ein paar Haken und taucht dann in der Dunkelheit unter.

„Puh, das war knapp!“, meint Theo, als ihr nach einer Weile euren Verfolger abgeschüttelt habt.

„Ja, für den Augenblick sind wir gerettet!“, stellt Hektor fest. „Aber wer repariert uns jetzt den Schlüssel?“

Mit bebender Stimme bittest du die beiden, sich einmal umzudrehen. Hinter euch erhebt sich die Stadtmauer von Troja in den Himmel! Irgendwie müsst ihr an den griechischen Wachen vorbei aus dem Lager gelaufen sein. Über die karge Ebene robbt ihr an die Mauer heran. Als trotz der Dunkelheit rund um euch Lanzen einschlagen, flitzt ihr jedoch schnellstens wieder zurück.

„Verflixt, so kommen wir jedenfalls nicht in die Stadt!“, stellt Theo atemlos fest, als ihr außer Wurfweite der Geschosse seid.

Patrouillierende Wachen wechseln sich gerade am Eingang zur Zeltstadt ab. Ihr nutzt diese Chance, um wenigstens heil ins Lager zurückzukehren.

„Bleibt nur ein Weg, um die Mauer nach einem Durchschlupf zu untersuchen“, stellt Hektor fest, als ihr wieder zwischen den altbekannten Zelten hockt. „Wir müssen morgen mit in den Kampf ziehen. Vielleicht ergibt sich da die Möglichkeit, in die Stadt zu gelangen.“

Er schlägt vor, einen Krieger zu suchen und sich ihm als Waffenknecht anzubieten. Dann müsst ihr nicht kämpfen, sondern nur die Sachen des Mannes tragen. Aber wo wollt ihr mitten in der Nacht suchen?

Da torkelt ein Grieche auf euch zu. Sein Gewand ist mit Rotwein bekleckert. Ist das die Chance?

Wie ein Wasserfall erzählt der Mann von seinem Leben, Hektor gibt schnell auf, euch alles zu übersetzen. Das Wichtigste: Er heißt Phidias, ist einfacher Soldat und kann sich keinen Waffenknecht leisten. Aber er lädt euch ein, mit zu einem Fest zu kommen. Hektor will schon einschlagen, da erklingen in einem Zelt liebliche Flötentöne. Wohnt hier ein reicher Krieger, der Waffenknechte braucht?

→ (26) **Einen Versuch ist es wert, ihr begleitet Phidias.**

→ (56) **Einen Versuch ist es wert, ihr betretet das Zelt.**

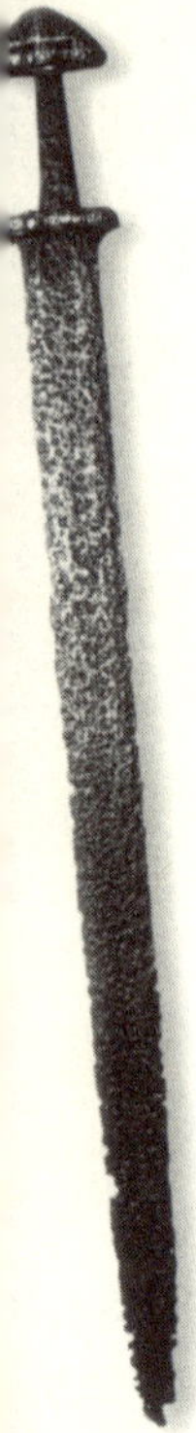

→ **Eben wollt ihr** euch auf ihn stürzen, da hält euch Hektor zurück. Aus seinem Gewand zaubert er ein blitzendes Schwert. Hat er es dem Offizier geklaut?

Hektor reißt die Waffe mit unglaublicher Schnelligkeit nach oben. Der Fremde will ihm sein Schwert in die Brust rammen, doch Hektors Klinge versperrt ihm den Weg. Mit einem Sprung macht sich eure Sportskanone frei und steht auf offenem Feld.

Endlich kommt auch der Fremde aus seiner Deckung. Er trägt einen kostbaren Brustharnisch, jeder Muskel seines Oberkörpers ist in das Metall eingemeißelt. Sein Schwert ist riesig – und rot von frischem Blut.

Hektor zielt mit seinem Schwert auf ihn. Der Trojaner holt aus und trifft Hektors Schwert mit voller Wucht. Stöhnend umklammert euer Kumpel die Waffe. Der Schlag hat ihn bis in den kleinen Zeh durchgeschüttelt. Auch den nächsten Schlag kann er noch parieren und schafft es sogar, dem Harnisch des Trojaners ein winziges Kratzerchen zuzufügen. Verwundert sieht der Mann an sich herunter. „Dieses Bürschlein ist doch tatsächlich bis auf meine Brust durchgekommen“, scheint er zu denken. Dann wird es Ernst. Der Krieger stürmt wut-

entbrannt auf Hektor los. Euer Freund weiß sich zu wehren, wird aber zusehens schwächer.

Plötzlich erklingt der Ruf eines Trojaners.

„Hektor!“

Beide Kämpfer fahren herum. In diesem Moment kannst du von Hektors Gesicht ablesen, dass ihm einiges dämmert. Sein Widersacher ist der Mann, den er seit Kindesbeinen bewundert: Hektor, Königssohn aus Troja!

Wieder ruft der Trojaner etwas und zeigt auf einen herbeieilenden Krieger: „Achilles!“

Der Königssohn schlägt eurem Hektor voller Anerkennung für den guten Kampf auf die Schulter. Dann läuft er im Schweinsgalopp zur Stadt zurück. Hektor ist platt.

„Wenn ich das geahnt hätte!“, stammelt er und setzt sich benommen auf den staubigen Boden.

„Was dann? Autogrammkarten sind noch nicht erfunden, glaub ich“, lästert Theo.

Mühsam steht Hektor auf. „Na ja, es ist so: Unmittelbar bevor Hektor sich mit uns angelegt hat, hat er Patroklos im Kampf getötet. Ihr erinnert euch doch an den jungen Helden in Achilles’ Rüstung? Hektor meinte, seinen ärgsten Feind erschlagen zu haben. Aber nun will sich der echte Achilles an Hektor rächen.

„Ich hätte ihn warnen müssen, dass er den Kampf gegen Achilles verlieren wird!“

Theo klopft ihm auf die Schulter, um seinen besten Freund aufzumuntern.

„Wie gut, dass du’s nicht gemacht hast!“, sagt er. „Mit so einer Einmischung wäre der Magier gar nicht einverstanden gewesen. Außerdem bin ich stinksauer auf dich. Seit Stunden schleppst du ein Schwert aus dem Museum mit dir herum und sagst uns nix!“

Hektor wird rot. „Tschuldigung“, stammelt er.

Jetzt will er zur Stadtmauer, wohin der andere Hektor verschwunden ist und wo ein todtrauriger Achilles herumkrakeelt. Gleich findet der alles entscheidende Kampf statt!

Theo nerven die andauernden Kämpfe.

„Lasst uns lieber zurück ins Lager gehen und nach einer Schmiede suchen. Schließlich ist der Schlüssel immer noch völlig nutzlos, so zerbrochen, wie er ist. Und wenn alle beim Kampf zuschauen, können wir ungestört arbeiten.“

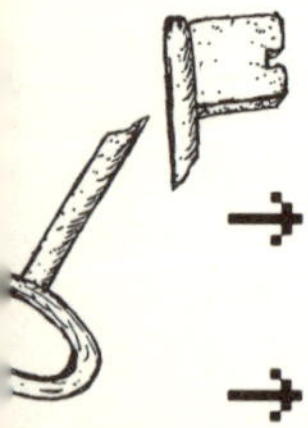

→ (75) **Ihr seht euch den Kampf der Giganten an.**

→ (103) **Ihr sucht im Lager nach einer Schmiede.**

→ **Noch vom Turm** aus brüllt Hektor seine Kommandos auf die im Lager verbliebenen Griechen nieder. Rasend schnell bilden sie ein Kette. Alles, was an Eimern, Fässern und anderen Gefäßen vorhanden ist, wird im Meer gefüllt und von Hand zu Hand zum Lager gereicht. Schon bevor der erste Feuerball überhaupt das Lager erreicht, haben sie die Zelte der vordersten Reihe klitschnass gemacht. Doch es ist aussichtslos. Die Bälle springen wie Flummis über die Mauern ins Lager, im nächsten Augenblick sirren die brennenden Pfeile der Trojaner über euch hinweg und treffen die Kugeln, die sofort wie die Knallfrösche explodieren. Im Nu brennt das halbe Lager, das Feuer kennt kein Erbarmen.

Als sich die Rauchwolken verziehen, steht nur noch ein einziges Bauwerk in der Bucht: der hölzerne Aussichtsturm, auf dem ihr gerade noch standet.

Von euch ist keine Spur mehr zu finden, außer 24 verkohlten Neun-Volt-Batterien.

→ ⊗ **Ein feuriges ENDE.**

→ **Hinter dem schweren Vorhang,** der als Türersatz dient, sitzt eine Frau in einem langen blauen Kleid und spielt auf einer Doppelflöte. Vor ihr ausgebreitet stehen Schalen voll süßer Früchte. In einer Ecke verbrennen wohlriechende Öle und Essenzen, dass euch ganz schwindelig wird. Theo geht auf die schöne Dame zu und streckt die Hand aus.

„Tach, ich bin Theo. Sie müssen die Hausherrin sein!"

Die Frau lässt vor Schreck die Flöte aus dem Mund gleiten und ruft etwas, was sich für dich nach „Hilfe, ein Verrückter!" anhört.

Ehe ihr begreift, wie euch geschieht, steht ein Grieche mit gezogenem Schwert vor euch.

„Wir haben richtig vermutet, das muss einer der Anführer sein!", zischt euch Hektor zu. „Nur die obersten Krieger wohnen so!"

Hektor beschwichtigt ihn in seinem perfekten Griechisch. Schließlich verschwinden die Furchen auf der Stirn des Mannes, und er legt den Arm um Hektor.

„Das ist Agamemnon höchstpersönlich, er lädt uns zum Essen ein!", erklärt euch euer Sprachgenie mit unverhohlener Bewunderung.

Du staunst. Auf den ersten Blick erinnert nichts an dem Griechen an einen König, nur seine Gewänder sind aus feineren Stoffen. Der Ausdruck seines Gesichts aber lässt erkennen, dass er zu herrschen weiß.

Ihr habt Glück, der König ist bester Laune. Um zu seinem Speisezelt zu kommen, zeigt er euch sogar die Abkürzung durch die Küche.

Hier stehen an einem gemauerten Tisch drei Frauen in wallenden Gewändern und kneten Teig oder schneiden Zwiebeln klein. Eine vierte rührt in einem bauchigen Tontopf, der auf dem offenen Feuer mitten im Raum steht.

„Das ist auch nicht die Hausherrin, Theo", murmelt Hektor. „Das sind alles Sklavinnen!"

„Eine Ratte!", kreischt Theo plötzlich.

Heftig tritt er mit dem Fuß aus. Doch vor ihm über den Küchenboden aus gestampftem Lehm läuft nur ein gezähmtes Wiesel herum, auf der Jagd nach dicken Kakerlaken.

Im prunkvoll geschmückten Zelt legt ihr euch neben einem Tisch auf schmale Bänke. Gerne lasst ihr euch von den Sklaven eine Schüssel Suppe geben. Agamemnon isst mit großem Appetit. Auch Theo schlingt alles gierig in sich hinein. Erst als er fertig ist, verrät Hektor, was ihr gegessen habt: Die berühmte Schwarze Suppe aus Schweinefleisch, Essig, Salz und ... Blut!

Theo stopft sich hastig einen halben Brotlaib in den Mund, um den Geschmack zu überdecken, der ihm jetzt plötzlich nicht mehr so gefällt.

Nachdem alle satt sind, möchte der Hausherr zu einer Besprechung mit seinem Bruder Menelaos aufbrechen. Seine Wachen springen sofort von ihren Bänken, doch der König winkt ab. Hier im Lager hat er nichts zu befürchten – euch aber bietet er an, ihn zu begleiten, denn er hat euch nicht umsonst eingeladen. Agamemnon möchte euch ein bisschen ausfragen. Geht ihr mit?

Theo glaubt, unterwegs könntet ihr nach einer neuen Möglichkeit Ausschau halten, den Schlüssel zu reparieren. In der großen Waffenschmiede solltet ihr besser nicht mehr auftauchen.

Hektor befürchtet, der König habe euch durchschaut und will euch unterwegs nur aushorchen, um seinen Verdacht zu bestätigen.

→ 25 **Ihr geht mit.**

→ 65 **Ihr bedankt euch für das tolle Essen und macht, dass ihr wegkommt.**

→ **Mit diesem Tritt** hat Theo nicht gerechnet. Du hast genau die Stelle getroffen, wo sein großer Onkel aus der Sandale hervorlugt. Einen Augenblick lang starrt dich dein Kumpel völlig verwundert an, dann quiekt er los wie eine verletzte Ratte.

Hektor im Staub und du hinter der Zeltplane starrt zu den Wachen am Feuer. Lachend setzen sich die Männer wieder hin. Bloß eine Ratte!

Theo blickt dich wütend an.

Bevor er dir eine runterhauen kann, machst du ihn auf Hektor aufmerksam. Er hat die Leine erreicht und befindet sich mit den Tüchern im Arm bereits wieder auf dem Rückweg.

Bei euch angekommen, wirft er jedem eine Toga zu. Bei den Männern am Feuer könnt ihr bestens sehen, wie diese Kleider getragen werden: auf einer Schulter geknotet, die Brust ist bedeckt. Zum Umziehen verschwindet Hektor hinter einem Busch. Komisch – sonst lässt er doch auch keine Möglichkeit aus, seine Muskeln zu zeigen ...

„Hast du keine frische Unterhose an, oder was ist los?“, will Theo wissen.

Ohne euch zu antworten, kommt Hektor aus dem Gebüsch zurück. Seine alten Klamotten verstaut er in einem weißen Beutel, der bei den Tüchern lag, und schultert ihn.

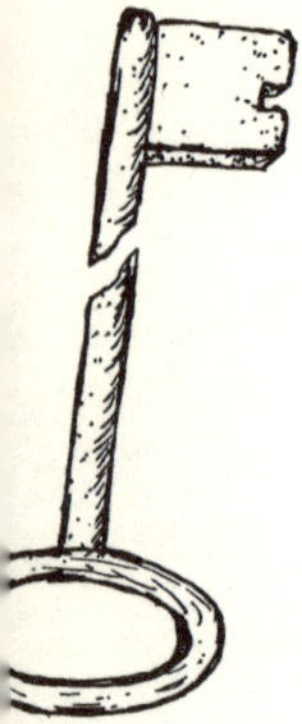

Auch du stopfst deine Sachen hinein. Theo überprüft noch kurz, ob auch der halbierte Schlüssel zum Geheimgang die Landung gut überstanden hat. Dann seid ihr klar zum Gefecht.

Aber, was tut ihr jetzt?

Hektor meint, Angriff sei die beste Verteidigung. Jetzt, wo ihr genauso gekleidet seid wie sie, will er sich zu den Griechen ans Feuer setzen und sie aushorchen, wo eine Schmiede ist.

Theo riecht zwar deren Essen, will sich aber trotzdem lieber dem größeren Problem widmen. Er schlägt vor, sich aus dem Lager zu schleichen und die Stadtmauer von Troja zu erkunden. Vielleicht findet ihr einen Weg in die Stadt.

→ 73 **Klar geht ihr zu den Griechen ans Feuer.**

→ 44 **Klar macht ihr euch auf die Suche nach der Stadtmauer.**

→ **Echte Freundschaft** wird bei den Griechen hoch geschätzt – Bescheidenheit auch. Ehe ihr beiden das Feld für euren siegreichen Freund räumen könnt, werdet ihr ebenfalls in den Mittelpunkt des Geschehens gezogen. Euer Offizier lässt es sich nämlich nicht nehmen, euch drei höchstpersönlich dem blinden Priester und Seher Kalchas vorzustellen. Dem Urteil dieses Weisen vertraut König Agamemnon mehr als jeder Kriegslist.

Als ihr vor dem geschmückten Zelt des Weisen ankommt, dringt dichter Qualm hervor. Trotzdem schiebt euch der Anführer hinein.

Von Kerzen beleuchtet, hockt Kalchas auf einem Fell. Er trägt ein einfaches Gewand ohne Verzierungen. Sein Bart reicht bis auf den Boden, doch sein Haupthaar ist schütter. Nicht die kleinste Bewegung könnt ihr erkennen, der Priester scheint nicht einmal zu atmen – scheinbar ist er in Trance und blickt in die Zukunft.

Die Kräuter, die hier verbrennen, nehmen euch fast den Atem. Doch sie schärfen eure Sinne und machen sie hochempfindlich. Im Qualm könnt ihr Kalchas' Visionen wie auf einer Kinoleinwand sehen. Er denkt nicht an die Zukunft, er ist mit seinen Gedanken in der Vergangenheit, beim Aufbruch nach Troja, vor zehn Jahren.

Gebannt starrst du in den Nebel, es ist, als wären die Männer hier im Zelt – und du verstehst alles, was sie sagen!

Vor einem Altar der Göttin Artemis sind alle Könige der griechischen Allianz in prachtvollen Rüstungen versammelt. Neben dem Altar nimmt Kalchas Aufstellung, damals sah er schon haargenau so aus wie heute.

Hektor zittert am ganzen Leib. Wie von weit weg hörst du ihn in deinem Kopf.

„Jetzt müsste eigentlich gleich Agamemnons Tochter Iphigenia auftauchen. Artemis hat gefordert, dass sie geopfert werden muss, sonst wird kein Wind aufkommen, um die Flotte nach Troja zu führen!"

Wie aufs Stichwort kommt eine junge Frau in blütenweißem Gewand auf die Lichtung, die du im Nebel siehst. In ihren Augen stehen Tränen, aber ihre Haltung verrät nur Stolz.

Noch bevor sie sich vor ihren Vater kniet und spricht, verrät euch Hektor, was sie sagen wird. Er kennt die ganze Geschichte auswendig: „Lieber Vater, siehe, hier bin ich schon! Vor dem Altar der Götter übergebe ich mein Leben, wenn es ihr Wille so gebietet. Mutig und still will ich den Nacken dem Opferstahle bieten!"

Ein lautes Staunen geht durch die Reihen der Könige und Heeresoffiziere. Als Kalchas sein Schwert auf den Altar legt, drängt sich ein junger stattlicher Prinz zu ihm. Der Bronzepanzer scheint sich durch die Kraft seiner Muskeln zu biegen. Vorne angekommen, zückt er sein gewaltiges Schwert.

„Das ist Achilles, der mutigste und schönste der Griechen!“, leiert Hektor in Trance.

Achilles versucht ein letztes Mal, Iphigenia zu retten. Doch deutlich siehst du, wie sie den Kopf schüttelt. Sie hat den Spruch der Götter akzeptiert!

Achilles wirft sein Schwert zu Boden und sieht zum Himmel. Ehrfürchtig ruft er: „O hohe Göttin Artemis, nimm dieses heilige, freiwillige Opfer gnädig an, und gib unseren Schiffen glückliche Fahrt und Trojas Sturz unseren Speeren!“

In dem Moment greift Kalchas das Schwert, du schließt lieber die Augen. Der Schlag lässt auch nach zehn Jahren noch die Erde beben, dir stellen sich die Nackenhaare auf. Doch dann geht ein Jubel durch das Heer.

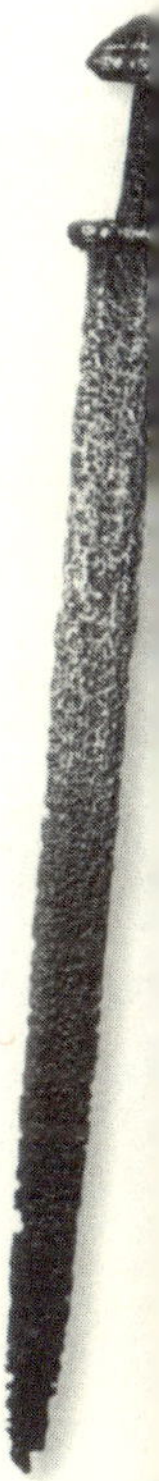

Als du aufblickst, liegt vor dem Altar ein blutendes Reh.

„Artemis hatte ein Einsehen!“, schnieft Hektor, den Tränen nahe. „Sie hat Iphigenia verschont und in das Land der Taurer entrückt.“

„Ihr Führer des vereinten Griechenheers“, jubelt nun Kalchas. „Die Göttin ist versöhnt, gibt unseren Schiffen fröhliche Fahrt und verspricht uns die Erstürmung Trojas. Noch an diesem Tage verlassen wir Aulis!“

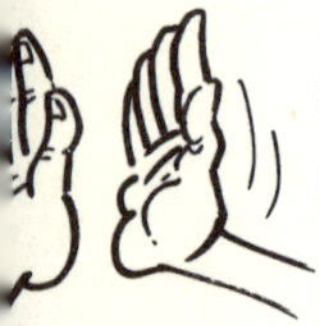

Kaum hat das Feuer die letzten Reste des Opfertieres verkohlt, als du einen starken Wind auf deiner Haut spürst.

Wieder jubeln die Krieger. Nach Wochen der Windstille ist nun die Zeit zum Aufbruch gekommen. Respektvoll verlassen sie den heiligen Hain, dann rennen sie Richtung Hafen.

Du schüttelst den Kopf und erwachst, wie aus einem langen Schlaf. Auch im Zelt ist der Rauch verzogen. Kalchas liegt auf der Seite. Die Anstrengung der Erinnerung hat ihn erschöpft.

„Mann!“, stammelt Theo leise, von den Bildern sichtlich mitgenommen. „Wenn das in der Schule drankommt, schreib ich die erste Eins meines Lebens!“

Alle drei spürt ihr den erhabenen Moment, an dem ihr teilgenommen habt.

→ 38 **Schweigend tretet ihr aus dem Zelt des Sehers. Der Offizier erwartet euch schließlich.**

→ **Die enge Gasse** führt euch in immer ärmlichere Gebiete der Zeltstadt. Die Unterkünfte sind nur noch bessere Verschläge, mit zerissenen, verdreckten Planen. Hier sind die Sklaven untergebracht, die die niedrigsten Arbeiten erledigen.

Der Brunnen am Wegesrand stinkt faul, eine Gestalt kippt euch aus einem Eingang heraus seinen Nachttopf über die Füße.

Endlich seht ihr Licht. In einem Bretterverschlag mahlen gebeugte Frauen mit kantigen Steinen Korn, nur halbherzig bewacht von einem griechischen Krieger.

In einiger Entfernung zerquetschen Männer Oliven. An einem langen Balken hängt ein dicker Felsbrocken, der auf die Früchte drückt. In einer Wanne darunter sammelt sich das Öl.

Als ein Mann auf den Fingern pfeift und sich auf einen mit Tonkrügen voll beladenen Karren schwingt, springt ihr auf. Einen schnelleren Weg durch das riesige Lager gibt es nicht.

Angestrengt schaut ihr zwischen den Krügen durch auf die Zelte. Doch so sehr ihr euch auch bemüht, in der Dunkelheit Hinweise auf eine Schmiede zu finden, es gelingt euch nicht. Zelt steht neben Zelt, doch was darin vorgeht, erkennt ihr nicht. In den meisten scheint es ganz ruhig zu sein – kein Wunder! Nach deinen Berechnungen dürfte es ungefähr vier Uhr morgens sein. Als der Wagen schließlich stoppt, lasst ihr euch von der Ladefläche rollen. Drei Griechen empfangen euch, zu eurem Glück freundlich. Dies hier ist ein Festplatz, und sie feiern, dass sie noch am Leben sind. Wer weiß, wer von ihnen morgen schon unter der Erde ist. Feiert ihr mit?

→ 47 **Ja, ein bisschen Ablenkung könnt ihr gut gebrauchen.**

→ 37 **Nein, ihr bedankt euch bei den Männern für die Einladung und wendet euch ab.**

→ **Kaum haben** die dichten Reihen der Krieger ihren Kampfgesang angestimmt und das Lager Richtung Ufer verlassen, um die Boote vor dem Angriff der Trojaner zu schützen, als ein warnender Ruf über das Tal hallt. Hektor schwingt sich auf einen hölzernen Turm zwischen den Zelten empor und zieht euch hoch. Nun hast du endlich einen Überblick über das gesamte Geschehen: In der Bucht vor Troja liegen dicht an dicht die Galeeren, hart umkämpft von Griechen und Trojanern. Zwischen ihnen kreuzen trotz der Gefahr kleinere Fischerboote, die schwer beladen zum Lager zurückkehren. Diese riesige Armee braucht ständig Nachschub an Essen und Getränken.

Auf der anderen Seite des Lagers erheben sich die dicken Mauern Trojas über der skamandrischen Ebene in den Himmel. Niemand hat sie je überwinden können, und selbst nach einem Jahrzehnt der Belagerung ist die Stadt noch nicht ausgehungert. König Priamos scheint seine Untertanen über die Geheimgänge aus dem Hinterland zu versorgen. Doch auch das griechische Lager ist schon seit Jahren von einem tiefen Graben und einer Mauer umgeben.

Schließlich seht ihr auch, warum der Warnschrei erklang: Die Trojaner haben mannshohe Kugeln

aus trockenem Reisig geformt und mit Öl übergossen. Nun rollen diese Bälle auf euer Lager zu. Klingt nicht weiter spannend? Dann dreht euch ein Stück weiter nach Osten, dort seht ihr hinter dem Hügel kleine Flammen aufflackern. Trojas Bogenschützen gehören zu den besten der antiken Welt, ihre brennenden Pfeile werden die Kugeln sicher nicht verfehlen und in Brand setzen – und dann prost Mahlzeit!

„Los, wir müssen die Kugeln vom Lager wegkicken!", meint Theo, euer Fußballkönig, und hangelt sich schon wie ein Gorilla den Turm hinunter.

Hektor glaubt, für so eine Maßnahme sei es bereits zu spät. Er will keine Zeit verlieren und sofort eine Menschenkette zum Meer organisieren, um die Brände zu löschen.

→ 86 **Theo soll zeigen, was er draufhat.**
Sein Fußballtalent ist nicht zu toppen.

→ 55 **Hektor soll zeigen, was er draufhat.**
Sein Organisationstalent ist legendär.

→ **Offenbar ist Freundlichkeit** doch nicht immer der richtige Weg – zumindest nicht vor 3 000 Jahren. Eure ausgestreckten Hände tritt der Krieger jedenfalls wütend beiseite.

→ (52) **Also antwortet entsprechend. Ihr geht in die Hocke und springt!**

→ **Die Fürsten der Griechen** versammeln ihre Krieger. Nur noch wenige Augenblicke, bis die Schlachtreihen der Trojaner die Schiffe erreicht haben werden. Die Wachen schießen ihre Pfeile ab, aber lange können sie dem Ansturm eines ganzen Heeres nicht standhalten.

Sogar Achilles, der Anführer der Myrmidonen, tritt in voller Rüstung aus seinem Zelt. Wegen eines Streits mit König Agamemnon hat er sich seit langem beleidigt aus dem Kampf herausgehalten. Jetzt jubeln seine Mannen auf und surren wie ein wütender Wespenschwarm dem trojanischen Heer entgegen.

Hektor klärt euch auf: „In der Rüstung steckt nicht Achilles, sondern sein geliebter Vetter Patroklos – er wird die heutige Schlacht nicht überleben!“

Hektor will Patroklos folgen, um dem tragischen Helden in seiner schlimmsten Stunde beizustehen. Theo meint aber, ihr solltet euch lieber im Lager verstecken, bis der Kampf vorbei ist.

→ (97) **Mutig stürzt ihr euch ins Kampfgetümmel.**

→ (81) **Schnell sucht ihr ein sicheres Versteck.**

→ **Ob das eine gute Wahl war?** Die breite Straße zwischen den Zeltreihen, die ihr entlangrennt, ist durch große Öllaternen hell erleuchtet. Je näher der Morgen rückt, desto härter wird gearbeitet. Die Versorgung von tausend Kriegsschiffen und ihrer Insassen können selbst die unzähligen Sklaven nicht alleine schaffen. Die einfachen Soldaten müssen selber für ihre Verpflegung sorgen.

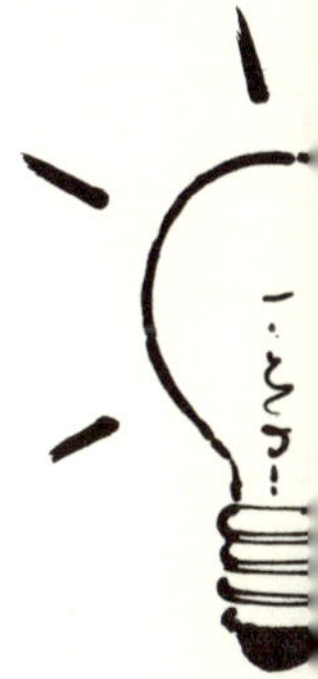

Auf der Straße kommen euch zahlreiche Maultierkarren entgegen. Viele haben Holz geladen, das in der heißen Umgebung von Troja Mangelware ist. Ein Sklave führt seinen schwer beladenen Esel die Gasse entlang. Aus zwei großen Tonkaraffen schwappt Olivenöl.

Unten am Hafen schnauft ihr durch. Ein Fischer belädt hier seinen Wagen mit dem Fang der Nacht: drei Meter lange Thunfische, Schwertfische und faustgroße Sardinen.

Plötzlich stört ein Trupp Krieger den Frieden. Lautstark verkünden sie, drei trojanische Spione seien an den Wachen vorbeigeschlüpft und hielten sich im Hafen auf.

„Mit denen möchte ich nicht diskutieren!“, beschließt Theo. Hektor widerspricht nicht.

Ihr springt auf den Karren des Fischers und versteckt euch unter seinen Waren. Der Mann leert

noch ein Netz voll glibberiger Tintenfische auf euch aus, dann rollt er los.

Euer Glück scheint euch allerdings verlassen zu haben, denn der Suchtrupp stoppt den Wagen. Ohne eine Ankündigung bohren die Krieger von allen Seiten ihre Lanzen zwischen die Fische, um die Spione zu finden. Wie durch ein Wunder bleibt ihr unverletzt.

Als der Karren anhält, springt ihr sofort ab – direkt in die Arme von drei schwankenden Soldaten. Theo hebt sofort die Hände.

„Wir sind keine Spione, ehrlich, wir kommen aus dem Jahre zweitausendund…!“

Blitzartig hält ihm Hektor den Mund zu.

„Die wollen nur mit uns feiern. Ich finde, wir sollten die Einladung annehmen. Schaut, da hinten ist das Fest schon in vollem Gange.“

Doch Theo hat die Nase voll von Kriegern und möchte sich gern ein bisschen ausruhen.

→ (37) **Ihr bedankt euch und winkt ab.**

→ (47) **Ihr bedankt euch und feiert mit.**

→ **Die Griechen am Feuer** rücken bereitwillig enger zusammen, als sie die drei schlaflosen Kameraden auf sich zukommen sehen, die sie wohl für junge Waffenknechte halten. Hektor setzt sich direkt neben sie, um das Gespräch zu führen. Unbemerkt übersetzt er zwischendurch, damit auch ihr etwas versteht.

Die Griechen liegen jetzt bereits seit zehn Jahren vor Troja, erfährt Hektor. Viele Männer auf beiden Seiten sind tot oder verwundet, und die Könige sind uneins. Manche von ihnen glauben, die Stadt sei uneinnehmbar, und man sollte die schöne Helena verloren geben und endlich in die Heimat zurückkehren.

Mitten in der Erzählung hält der Mann, der sich Phidias nennt, plötzlich inne. Fünf Wachen stehen vor euch. Die Flammen des Feuers spiegeln sich in den blitzblank polierten Harnischen auf ihrer Brust. Durch ihre Bronzehelme wirken sie noch mächtiger. Sie ziehen ihr Schwert – ist euer Schwindel aufgeflogen?

Nein, die Wachablösung findet statt. Diese Männer hier nehmen ihre Aufgabe offensichtlich ernster, denn sie sind in voller Rüstung angetreten. Die anderen legen sich nun in ihre Zelte zum Schlafen, nur Phidias will noch zu einem kleinen

Fest. Hektor nickt, unauffälliger könnt ihr euch im Lager nicht nach einer Schmiede umsehen. Theo schüttelt den Kopf. „Eine Schmiede finden wir schon irgendwann, wir müssen nur auf die Geräusche achten. Wir sollten lieber nach einem Weg suchen, in die Stadt zu kommen!“

Du hast es ja geahnt: Dieser Auftrag wird besonders schwierig. Natürlich sind sich die beiden völlig uneinig, was zuerst erledigt werden soll, den Schlüssel zu reparieren oder in die Stadt zu kommen. Das wird für dich kein Zuckerschlecken!

„Schlüssel!“, herrscht Hektor seinen Kumpel an.

„Stadt!“, schimpft Theo zurück.

Die beiden stehen sich drohend gegenüber. Entscheide besser schnell, bevor sie das ganze Lager zusammenbrüllen: Was findest du dringender?

→ (26) **Ihr geht mit zum Fest, um eine Schmiede zu finden.**

→ (44) **Ihr schleicht an den Rand des Lagers, um die Stadtmauer von Troja zu erkunden.**

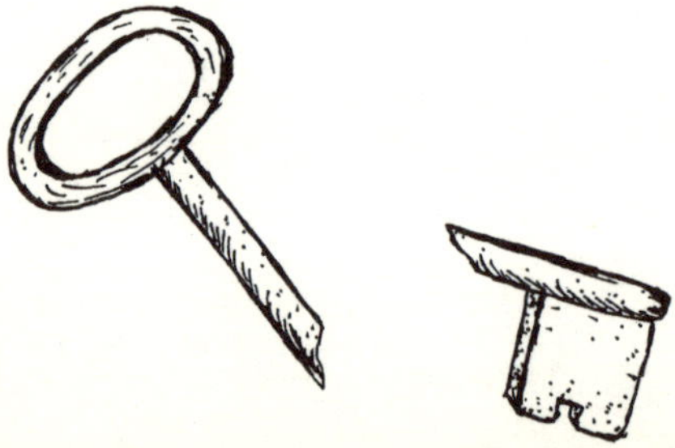

→ **Schon von weitem** seht ihr an der Stadtmauer Staubwolken aufwirbeln. Achilles rennt wie ein wild entschlossenes Nashorn auf Troja zu, die letzten Trojaner strömen furchtsam durch die Tore in Sicherheit. Abwechselnd brüllend und klagend fordert Achilles Hektor, den trojanischen Königssohn, auf, mit ihm den Zweikampf zu wagen. Hektor hat seinen geliebten Vetter Patroklos getötet und auch noch dessen Rüstung geklaut, was für eine Schmach!

Tatsächlich stellt sich Hektor dem anstürmenden Griechen entgegen. Euer Hektor übersetzt, was dessen Vater, König Priamos, vom Turm der Stadt aus zuruft:

„Hektor soll nicht Achilles' Ruhm vergrößern, indem er gegen ihn stirbt. Die Trojaner brauchen ihn noch!"

Hektor scheint sich zu besinnen, denn er flieht vor Achilles. Dreimal jagen sich die beiden Helden um die riesige Stadtmauer von Troja. Zeit für euer Superhirn, euch über den griechischen Helden aufzuklären.

„Der Sage nach hatte die Mutter von Achilles, die Meeresgöttin Thetis, einen normalen Menschen als Ehemann. Weil ihr Sohn deshalb nur ein Halbgott war, hielt sie den Säugling nachts ins Feuer, um alle Sterblichkeit von ihm auszulöschen. Die Wunden versorgte sie mit Ambrosia, sodass der Knabe nicht litt. Eines Nachts wurde sie von ihrem Gatten dabei erwischt, der natürlich Zeter und Mordio schrie. Da ließ Thetis von ihrem Sohn ab, ohne ihr Werk zu vollenden, und verschwand wieder in der Götterwelt."

Theo nickt. „Kenne ich schon aus dem Geschichtsunterricht. Seit diesem Tag ist der Typ für seine coolen Gedichte bekannt. Die berühmten Achilles-Verse!"

Euer dicker Kumpel ist stolz, endlich einmal in der Schule aufgepasst zu haben.

Hektor will seinen Freund nicht beleidigen, muss ihn aber trotzdem verbessern.

„Nicht ganz. Thetis konnte ihr nächtliches Werk nicht ganz vollenden. Deshalb ist seine Hacke verwundbar, die Achilles-Ferse!"

Theo winkt ab.

„Verse oder Ferse, was macht das schon. Nach der Rechtschreibreform in 3 000 Jahren wird sowieso alles gleich geschrieben, oder?"

Hektor ist wieder nicht ganz einverstanden, sagt aber nichts. Du zeigst auf den Platz vor den Toren der Stadt. Der trojanische Hektor ist stehen geblieben und wartet auf Achilles. Der gibt den griechischen Kriegern, die zu tausenden Schild an Schulter um den Platz stehen, ein Zeichen. Keiner soll einen Speer auf Hektor werfen und ihm damit den Ruhm rauben. Dann beginnt der Kampf.

Achilles schleudert seine Lanze aus Eschenholz, die so schwer ist, dass sie kein anderer Krieger heben kann. Die Griechen jubeln. Hektor duckt sich, dann schleudert er seinen Speer und trifft den Schild von Achilles.

Staunend stellst du fest, dass Achilles plötzlich den Speer wieder in den Händen hält, den er eben noch weit von sich geschleudert hatte. Geduckt hinter seinem Schild rennt er vorwärts und gerade, als Hektor mit dem Schwert auf ihn einschlagen will, jagt ihm der Grieche den Speer zwischen Hals und Achsel durch den Nacken. Hektor sinkt in den Staub, ohne nur einen einzigen Schlag abgegeben zu haben.

In seiner ohnmächtigen Wut und Trauer reicht Achilles der Tod des tapferen Feindes nicht. Er bindet den Leichnam hinten an seinen Streitwagen und schleift ihn vor den Augen von König Priamos und seiner Frau hinunter zum Hafen. Die Griechen stimmen ihre Siegesgesänge an, die Trojaner wehklagen.

Euer Hektor erklärt, dass nun die Leichenfeier

stattfinden wird, bei der Patroklos in allen Ehren verbrannt wird. Er glaubt, dabei auf Odysseus zu stoßen. In seinem berühmten Trojanischen Pferd könntet ihr in die Stadt gelangen – die Frage ist nur: Sind noch drei Plätze frei?

Theo hingegen hat nur „Festschmaus" gehört und möchte beim Kochen helfen.

„Dort ist immerhin schon mal Feuer. Wenn wir noch einen Hammer finden, können wir außerdem den Schlüssel reparieren!"

Was meinst du dazu?

→ 94 **Ihr helft den Holzfällern und zieht in die Wälder.**

→ 88 **Ihr helft den Köchen und zieht in die Küche.**

→ **Als ihr erwacht,** ist es stockfinstere Nacht. Hektor hält dir seine Hand über den Mund, damit du keinen Laut von dir gibst.

„Wir haben scheinbar ein paar Tage geschlafen", versucht Hektor zu erklären, was dir so merkwürdig scheint, aber Theo nickt zustimmend.

„Sieh dich doch um", sagt er. „Fast alle Zelte sind abgebaut, die Galeeren verschwunden!"

So ist es. Und während ihr selig geschlummert habt, haben sich die Ereignisse überschlagen: Der strahlende Held Achilles wurde von Paris durch einen Pfeil, den der Gott Apollon lenkte, an der verwundbaren Ferse getroffen und starb. 17 Tage lang trauerte man um ihn. Ein erbitterter Streit um die Rüstung des Achilles entbrannte zwischen Odysseus und dem großen Ajax. Ajax verlor den Wettkampf und den Verstand. Verwirrt tötete er eine Herde Schafe. Als er wieder zu sich kam, schämte er sich so, dass er sich ins Schwert stürzte. Wie gut für eure zarten Seelen, dass ihr diese blutrünstigen Ereignisse verpennt habt.

Jetzt wird es aber ernst für euch! Lange genug habt ihr tatenlos abwarten müssen, nun scheint die Nacht der Entscheidungen gekommen. Werdet ihr euren Auftrag erfüllen können?

Zwei Zelte stehen noch auf dem trostlosen Platz.

Aus dem einen klingen Hammerschläge, aus dem anderen Klagelaute.

Theo will zu den Hammerschlägen.

„Dann haben wir wenigstens schon einmal einen heilen Schlüssel!“

Hektor möchte lieber sehen, woher die Klagelaute kommen. Vielleicht könnt ihr der armen Seele helfen?

Welchen Weg schlägst du ein?

→ (91) **Links. Zum Zelt mit den Hammergeräuschen.**

→ (101) **Rechts. Zum Zelt mit den Klagelauten.**

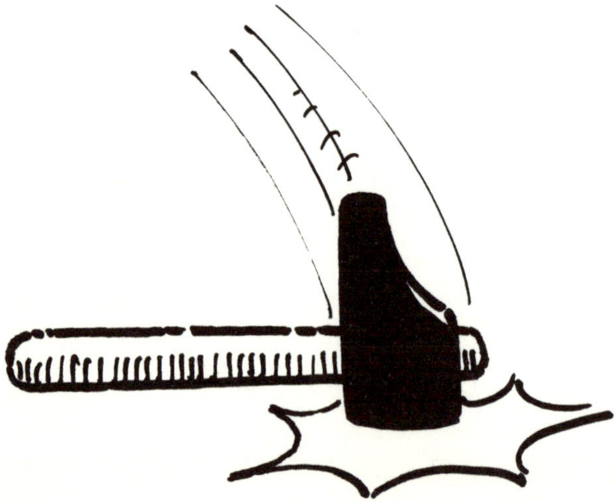

→ **Na, ihr habt Nerven!** Während einer Schlacht wollt ihr euch im Lager verstecken? Bei dem Durcheinander? Keine Chance! Der Strom der griechischen Krieger reißt euch mit ins Schlachtfeld.

Der große Ajax aus Salamis steht auf seinem Schiff und versucht verzweifelt, sich gegen die anrennenden Trojaner zu wehren.

Ihr steckt mitten im Kampfgetümmel, irgendwo zwischen der Stadt Troja und dem Hafen. Euren Offizier habt ihr längst aus den Augen verloren. Hektor jauchzt wie ein Dreijähriger beim Anblick seiner Weihnachtsgeschenke: „Welch ein erhebender Augenblick, diesem historischen Ereignis beiwohnen zu dürfen!“

„Sicher“, frotzelt Theo, „muss echt erhebend sein, von so einem Spieß durchlöchert zu werden.“

Du erinnerst die beiden daran, dass ein paar Dutzend Trojaner mit Pfeilen auf euch zielen. Als einziger Ausweg bleibt nur das Schiff, auf dem Ajax immer heftiger unter dem Ansturm der Trojaner leidet. Auf seinen Helm prasseln feindliche Geschosse, er kann den siebenhäutigen Stierschild kaum noch heben, Ströme von Schweiß laufen ihm am Körper herab. Ihr springt an Deck. Mit einem Ruder wehrt ihr einige Pfeile ab. Dankbar kommt Ajax so zu einer Pause.

Doch plötzlich springt auch Hektor, der trojanische Königssohn, auf das Schiff. Ajax holt mit seiner Lanze aus, doch Hektor zertrümmert die Waffe mit dem Schwert. Ajax merkt, dass er heute nicht gewinnen wird, weil die Götter dagegen sind. Er schnappt sich ein Ruder, spießt es in den Schlamm und schwingt sich auf das Nachbarschiff. Er ist seinem Widersacher entkommen. Wütend wendet sich der Trojaner anderen Gegnern zu. Und was macht ihr?

Hektor will auch endlich wieder an Land. Er möchte wissen, was Patroklos macht. Theo glaubt, auf dem Schiff wäret ihr sicher.

→ 97 **Wie Ajax nehmt ihr Ruder und springt von Schiff zu Schiff, bis ihr an Land seid.**

→ 112 **Hinter dem Steuerruder ist eine Luke. Ihr steigt hinab und versteckt euch.**

→ **Hektor voraus** eilt ihr zum Zelt des Achilles, doch es ist leer. Ihr seht den Helden am Ufer bei den Schiffen sitzen, tief in Gedanken versunken.

Hektor tritt von hinten an ihn heran und legt ihm die Hand auf die breite Schulter. Achilles fährt überrascht herum.

Du traust deinen Augen nicht, aber Hektor weint, während er die berühmten Worte spricht:

„Wehe mir, Achilles, möchte es doch nie geschehen sein, was du jetzt vernehmen musst. Unser Patroklos ist gefallen, sie kämpfen um seinen nackten Leichnam, die Waffen hat ihm Hektor abgezogen!"

Als ihn Achilles verwirrt anblickt, besinnt sich Hektor und wiederholt die Worte auf Griechisch. Als Antilochos, der Sohn des Nestor, erscheint und bei den Worten nickt, fällt Achilles auf die Knie. Mit beiden Händen greift er in den Sand und wirft ihn sich als Zeichen seiner tiefen Trauer über den Kopf und das Gesicht. Aus seinem Zelt stürmen die erbeuteten Sklavinnen herbei und stimmen ebenfalls ein Klagelied an. Antilochos greift tränenüberströmt nach den Händen von Achilles. Scheinbar hat er Angst, der Held könne sich selbst die Kehle durchschneiden.

Lange hockt Achilles wie irre im Uferschlamm. Seine Augen blicken ins Leere, seine Hände reißen büschelweise Haare vom Kopf. Schließlich springt er entschlossen auf.

Hektor achtet nicht auf seinen Freund.

„Kommt, wir gehen zur Stadtmauer. Dort findet gleich der Kampf statt, der in die Weltgeschichte eingehen wird!"

Theo hat jedoch keine Lust, „aus Versehen" von einem Pfeil getroffen zu werden. Er will sich lieber endlich darum kümmern, aus den beiden Teilen wieder einen funktionsfähigen Schlüssel zu machen. Seine Idee: Wenn alle Griechen den Kampf beobachten, müsste die Schmiede leer sein. Ihr könntet den Schlüssel also einfach selber reparieren.

→ (75) **Hektor voran geht ihr zur Stadtmauer.**

→ (103) **Theo voran geht ihr zur Schmiede.**

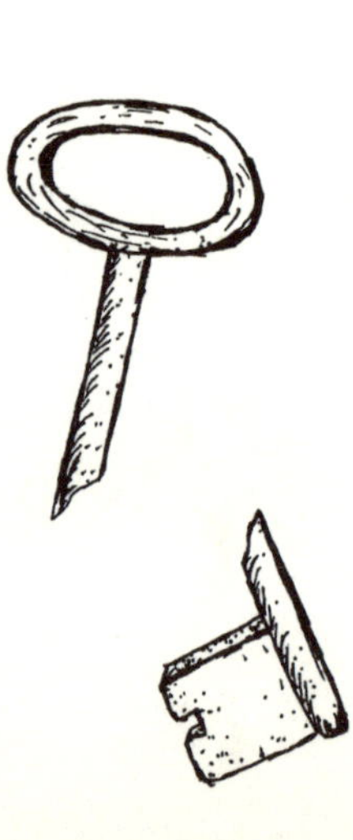

→ **Hallo?** Habt ihr vergessen, dass es das Lager nicht mehr gibt? Alle Zelte sind doch abgebrochen! Hinter den Gräben und Mauern, die die Griechen zu ihrer Verteidigung errichtet haben, herrscht gähnende Leere. Erst nach einer Weile stoßt ihr auf Männer, die an einer Statue der Göttin Athene arbeiten. Odysseus hat sie in Auftrag gegeben, um ihr für ihren Beistand im Kampf von Achilles gegen Hektor und für andere Gefälligkeiten zu danken. Die Männer in dieser Freiluftwerkstatt legen sich ins Zeug, damit auch sie endlich die vorgetäuschte Abreise antreten können. Sie wissen, dass Odysseus im Glauben an die göttliche Vorsehung sein hölzernes Tier nicht besteigen wird, ohne dieser neuen Figur, und damit der Göttin, gehuldigt zu haben.

Theo zieht hastig die beiden Teile des Schlüssels unter seinem Umhang hervor. Obwohl die Männer in Eile sind, kloppt sie einer von ihnen rasch wieder zu einem Schlüssel zusammen. Glücklich steckt ihn Theo ein.

Teil eins der Mission ist endlich, endlich abgeschlossen!

→ (115) **Ihr eilt zurück. Dann besteigt ihr das Trojanische Pferd.**

→ **Theo mag** den einen oder anderen Zentner zu viel auf den Rippen haben, aber wenn es um Bälle – egal welcher Größe – geht, macht ihm kein brasilianischer Nationalspieler etwas vor. Als einer der Reisigbälle auf ihn zudonnert, hebt er das Bein, um ihn zu stoppen.

Dann drischt er die Kugel mit dem Spann Richtung Troja zurück. Eine bereits lichterloh brennende Kugel kickt er mit der Picke ins Meer, wo sie zischend versinkt. In den dritten Ball bohren sich direkt vor seinen Augen zwei Feuerpfeile hinein. Das Öl fängt sofort Feuer. Theo bückt sich hinter einen Felsen. Als die Kugel über ihn hinweghüpft, hebt er mit einem Ächzen ab und trifft sie mit einem Fallrückzieher. Wie ein Komet saust das Ding den trojanischen Bogenschützen entgegen und schlägt krachend hinter ihrem Schutzwall ein. Schreiend treten sie die Flucht zu den Stadtmauern an.

Die übrigen Reisigbälle kullern friedlich durch die Gassen zwischen den Zelten. Die Griechen freuen sich über den Nachschub an Brennholz für das abendliche Fest. Die Lieferung durch die Trojaner hat ihren Sklaven viele Kilometer Fußweg erspart.

„Cool, wenn man ein bisschen korpulenter ist!“,

schnauft Theo. „Bei der Landung nach Fallrückziehern polieren sich andere immer voll die Rippen!“

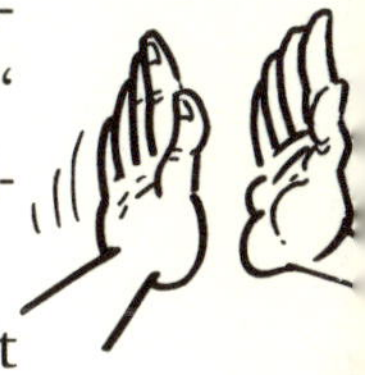

Hektor und du klatschen Beifall. Theos Fußballschule ist immer wieder ein Genuss.

„Jetzt will ich aber sehen, ob wir uns in die Stadt schmuggeln können“, meint Hektor.

Vorsichtig schleicht ihr euch aus dem Lager – kein Kunststück, bei dem Aufruhr nach der gewonnenen Schlacht! Ihr versucht, unbemerkt über den staubigen Platz zwischen Lager und Stadtmauer zu pirschen. Als ihr euch im Schatten eines mannshohen Felsens ausruhen wollt, legt sich Hektor von hinten eine Klinge an den Hals – was nun?

→ 52 **Drei gegen eins. Ihr überrumpelt den Mann und nehmt ihn gefangen.**

→ 69 **Ihr zeigt eure Angst nicht, sondern tretet ihm freundlich entgegen. Vielleicht ist es ein Grieche?**

→ **Zu einer richtigen Totenfeier** gehört bei den Griechen auch ein ordentliches Gelage. Stiere, Schafe, Schweine und sogar Maultiere werden in großer Zahl geschlachtet und über riesigen Feuerstellen gebraten und gekocht. Theo stampft Bohnenbrei, du legst Zwiebeln und Knoblauch in Öl ein, Hektor entkernt Oliven und schneidet Käselaiber in portionsgerechte Stücke. Alles wird auf bronzenen Platten angerichtet und in einem Zelt zwischengelagert. Eine Galeere bringt eine neue Lieferung Wein, die in der Umgebung erbeutet wurde. Zur Feier des Abends wird der schwere Wein nicht mit Wasser verdünnt.

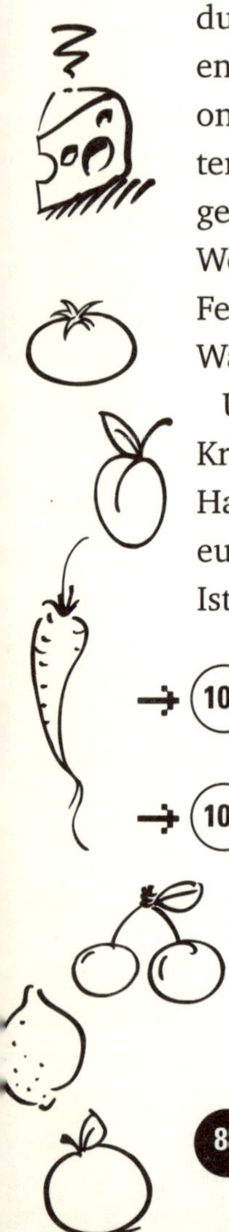

Unter den wachsamen Augen von griechischen Kriegern habt ihr keine Chance, euch nach einem Hammer umzusehen. Als ihr fertig seid, beeilt ihr euch deshalb, zum Zelt von Achilles zu kommen. Ist Odysseus vielleicht dort?

→ (100) **Ihr stürmt direkt rein, weil es so wichtig ist.**

→ (107) **Alles zu seiner Zeit! Ihr seid höfliche Menschen – schließlich ist Achilles ein Königssohn, und ihr drei starrt vor Dreck! Ihr sucht nach Abhilfe.**

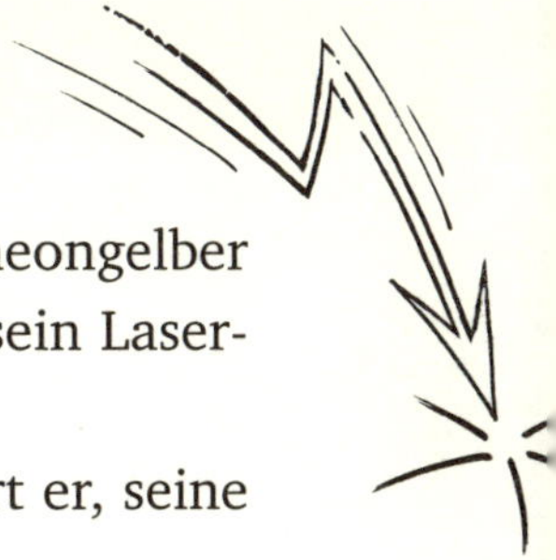

→ **Ein summendes *Wusch!*** erklingt, ein neongelber Lichtstrahl breitet sich aus – Theo hat sein Laserschwert eingeschaltet.

„Aus dem Weg, Klonkrieger!“, schnarrt er, seine Augen glänzen.

Zunächst staunen die Griechen nur, dann lassen sie sich nicht mehr zum Narren halten und wollen an dem Fleischberg vorbei. Doch da haben sie die Rechnung ohne den Wirt gemacht.

Theo Skywalker wirbelt das Schwert herum, springt senkrecht zwei Meter hohe Marmorblöcke empor und blendet die Männer mit seiner furchtbaren Plastikwaffe. Dann wird er erst richtig warm. Wie ein Bodenturner schlägt er ein Rad nach dem anderen, macht Flipflops, zweifache Salti und tritt den Kriegern dabei reihenweise die Schwerter aus den Händen.

„Die Frauen sind im Gang, du kannst aufhören!“, zischt ihm Hektor zu.

Doch Theo kickt acht Bronzeschwerter weg, die er den Griechen abgenommen hat, und hält die Krieger mit dem Laserschwert in Schach.

Beruhigend legt ihr Theo die Hände auf die Schulter.

„Ist ja gut, Prinzessin Leia ist in Sicherheit!“, flüsterst du ihm ins Ohr.

Sogleich setzt der Strudel ein, der euch zurückholt. Euer letzter Blick in Troja des Jahres 1180 vor unser Zeitrechnung fällt auf zwei Kinder im Geheimgang, die die Tür von innen zuwerfen. Da der Schlüssel abgebrochen ist, können die entwaffneten Griechen nicht hinter ihnen her.

Ihr fliegt wie bei einer Vollbremsung durch einen Tunnel. Nichts ist mehr zu erkennen, du spürst nur noch die Hände von Theo und Hektor in deiner Faust. Nach ein paar Sekunden stockfinsterer Nacht wird es wieder heller, zu hell, wie ein Blitz. Geblendet schließt du die Augen. Mit voller Wucht schlägst du auf dem Boden auf. Ihr seid angekommen.

→ (122) **Endlich wieder zu Hause.**

→ **Nein, dies ist keine Schmiede.** Ein Mann repariert mit ungeschickten Schlägen einen Stuhl. Als er sich setzt und nach seiner Harfe greift, seht ihr, dass er blind ist. Voller Inbrunst erzählt er zum Klang der Saiten von längst geschlagenen Schlachten, gefallenen Helden und den Göttern. Er stimmt das Lied an, wie Zeus, der Göttervater, sich in die sterbliche Alkmene verliebte und den Helden Herakles zeugte.

Hektor lauscht mit Tränen in den Augen, auch dich und Theo – obwohl ihr nichts versteht – nimmt der magische Vortrag regelrecht gefangen. Als der Harfenspieler endet, bedankt ihr euch bei ihm und tretet aus dem Zelt – es ist helllichter Tag!

Troja ist zerstört, euer Auftrag fehlgeschlagen. Man soll eben nicht immer nur an sein Privatvergnügen denken! Als Mahnmal gegen Vergnügungssucht erstarrt ihr zu Salzsäulen. Langsam, Kristall für Kristall, lecken euch die Wellen des Meeres immer kleiner, bis ihr nach 2 000 Jahren ganz vom Erdboden verschwunden seid.

→ ⊗ **Ein kitzeliges ENDE.**

→ **Im Palast** seid ihr schnell, aber wo findet ihr in diesem Durcheinander bloß den Geheimgang? Wegweiser mit der Aufschrift „Geheimgang, da lang“ gibt es leider keine!

Da hat Hektor eine Idee. Wenn euch einer helfen kann, dann der Herr des Reiches, der greise König Priamos. Durch die kämpfenden Krieger hindurch bahnt ihr euch den Weg zu seinem Thronsaal. Das Dach der Halle wird von mächtigen Säulen getragen. Überall hängen kostbare Vorhänge und goldene Kerzenhalter. Auf dem Marmorboden reihen sich Möbel aus wertvollen Hölzern aneinander.

Hier, den Blick auf seine brennende Stadt gerichtet, sitzt zusammengesunken König Priamos. Sein schlohweißes Haar weht im Wind. Als er euch nahen hört, dreht er sich mit erhobenem Haupt um. Da Hektor immer noch den griechischen Helm des Offiziers trägt, um seine Brille zu verstecken, fällt Priamos auf die Knie und erwartet sein Schicksal.

Als ihm Hektor jedoch den Schlüssel unter die Nase hält und nach dem Gang fragt, erklärt er euch verdutzt, der Einstieg befände sich hinter einem Schrank aus Ebenholz. Er selber will seine Untertanen in der schwersten Stunde nicht alleine lassen und kann deswegen nicht mitkommen, um euch zu helfen. Er wünscht euch Glück.

Ihr lauft los. Die plündernden Griechen haben mittlerweile auch den letzten Winkel der Stadt erobert. Auf eurem Spurt durch den Palast rennt ihr fast eine junge Frau in einem weißen Gewand über den Haufen, die ruhig eine Gruppe von Frauen und Kindern durch die brennenden Gänge führt. In ihrem Haar steckt ein bronzener Kamm.

„Das muss die Tempeldienerin Lydia sein", zischt Theo.

Jetzt müsst ihr sie nur noch zu dem Geheimgang führen. In diesem Getümmel nicht gerade die leichteste Aufgabe.

Links droht die Decke einzustürzen, rechts tobt die Feuersbrunst, alle anderen Wege sind euch abgeschnitten. Toll, nicht? Wohin geht ihr?

→ (106) **Nach links, trotz einstürzender Decke.**

→ (118) **Nach rechts, trotz Feuer.**

Obwohl die Sonne schon langsam sinkt und es Abend wird, schwitzt ihr doch bei jedem Schritt. In den nahen Wäldern schlagt ihr die Bäume, die die zehnjährige Belagerung bis jetzt unbeschadet überstanden haben – es sind nicht mehr sehr viele. Könige wie Odysseus erledigen diese Arbeit natürlich nicht, was habt ihr denn gedacht?

Aber keine Angst, es wird noch härter. An Ort und Stelle schlagt ihr die Bäume mit Äxten in armlange Klötze, ladet sie auf Maultierkarren und tretet den Rückweg zum Lager an. Am Ufer des Meeres türmen die Griechen damit einen Scheiterhaufen auf, hoch wie ein dreistöckiges Haus. Oben auf dem Holz schnüren sie eine Plattform fest. Hierauf soll der Leichnam von Patroklos gelegt werden.

Als die Arbeit erledigt ist, geht die Sonne bereits fast unter. Höchste Zeit, Odysseus zu finden, sonst schlägt der Auftrag fehl!

→ (100) **Flink wie die Wiesel stürmt ihr in Achilles' Zelt.**

→ (107) **Bescheiden wie die Ameisen schaut ihr an euch herab und merkt, dass ihr mit so viel Dreck am Körper schlecht unter die Augen von Königen treten könnt. Zum Glück gibt's hier viel Wasser!**

→ ***Schwupp!*** Keine Sekunde später hat Theo die Klappe verrammelt. *Schwupp!* Keine zweite Sekunde später hat sie ein Stiefeltritt von Menelaos wieder geöffnet.

Dein Kumpel stammelt rum.

„Verdammt, Hektor, was heißt *Konstruktionsfehler der Einstiegsklappe* auf Griechisch?“

Hektor schafft es tatsächlich, die Sache zu erklären, ohne dass einer von euch mit seinem Kopf bezahlen muss.

→ (110) **Dann schlagt ihr vor, das Signalfeuer zu entzünden.**

→ **Ajax ist neben Achilles** der größte und stärkste Grieche, wusstest du das nicht?

Sein Händedruck kann dir die Knochen pulverisieren, ein Schlag seiner Faust ist ein Gratisflug quer durch Europa. Wer sein Feind ist, hat nichts zu lachen. Und wer seine Einladung zum Festschmaus ablehnt, kann nur ein Feind sein, oder?

Mit 3 : 0 Stimmen entscheidet ihr euch plötzlich um. Abwimmeln muss doch nicht sein.

→ (117) **Ihr geht mit zum Leichenschmaus.**

→ **Patroklos,** den selbst die Gefolgsleute von Achilles für ihren Anführer halten, prescht auf seinem Ross geradewegs in die Menge der Trojaner. Diese sind von seinem Anblick so geschockt, dass sie sich Hilfe suchend umsehen. Patroklos nutzt ihre Furcht und stürzt sich in das Getümmel vor den prächtigsten Schiffen. Er schießt Pfeile ab und versucht, die Trojaner mit seinem Schwert zurückzudrängen.

„Na toll, Patroklos schlägt sich, und wir stecken hier im Getümmel fest. Wie sollen wir denn so je nach Troja reinkommen und den Auftrag erfüllen?“, murrt Theo. Ihm passt die ganze Kämpferei überhaupt nicht.

„So wird's vielleicht einfacher!“, sagt Hektor und lüftet nun ein Geheimnis. Unter seinem Umhang zieht er ein Schwert hervor – deshalb hatte er sich im Museum also in der Ecke zu schaffen gemacht.

„Seht mich nicht so vorwurfsvoll an!“, sagt Hektor. „Ich dachte, der Magier hätte nichts dagegen, wenn ich uns beschütze!“

Kaum hat er zu Ende gesprochen, als ein Trojaner vor ihm steht. Mit einem einzigen sauberen Schlag fetzt ihm Hektor die Waffe aus der Hand. Erschrocken haut der Mann ab.

„Kommt, wir müssen aus der Schusslinie. Wenn Theo den Schlüssel verliert, ist alles aus!“

Auch Hektors Namensvetter, der trojanische Königssohn, scheint begriffen zu haben, dass sich das Blatt gewendet hat und die Götter nun aufseiten der Griechen stehen. Er springt auf seinen Kampfwagen und prescht über Freund und Feind hinweg der Stadtmauer entgegen. Ajax wirft ihm einen Speer hinterher, aber Hektor kann das Geschoss mit seinem Schild umlenken.

Plötzlich werdet auch ihr fast zu Klump gefahren. Patroklos rast mit seinem Streitwagen dem trojanischen Prinzen hinterher.

Doch am Tor der Stadtmauer wendet Hektor plötzlich seinen Wagen und rast wieder der Schlacht entgegen. Er steuert direkt auf Patroklos zu, den er, wie alle Anwesenden auch, für Achilles hält. Den griechischen Helden, seinen ärgsten Widersacher, wollte er schon lange besiegen – und jetzt scheint der Augenblick gekommen zu sein. Die Götter sind ihm hold. Oder?

Das Kriegsgetümmel verebbt, gebannt starren alle auf die beiden Männer, die sich mit gezückten Schwertern umkreisen.

Plötzlich stürzt sich Hektor auf Patroklos. Binnen weniger Sekunden tobt der verbissene Kampf zwischen den beiden Helden. Als Patroklos Hektors Wagenlenker mit einem Stein erschlägt und verspottet, trifft ihn der Speer eines anderen Kriegers in den Rücken. Voller Wut nutzt Hektor die Chance und durchbohrt nun ebenfalls den gehassten Feind. Patrolos sinkt tot in den Sand, Hektor jubelt.

„Warum haben dich deine Eltern nicht gleich nach Frankenstein benannt?“, meint Theo zerknirscht zu eurem Hektor. „Auf den hier wäre ich nicht besonders stolz!“

Dein Kumpel seufzt. „Ja, ja, du hast ja Recht! Aber meine Eltern waren, glaube ich, hier nicht live dabei!“

Er stiefelt los, um Achilles die schreckliche Nachricht zu überbringen.

→ 83 Ihr geht mit.

→ 114 Ihr haltet ihn auf.

→ **Wären bei unseren Beerdigungen** Leute willkommen, die mit vor Dreck starrenden Kleidern und staubigen Gesichtern in die Kirche rennen? Bei den Griechen auch nicht.

Gut, dass ihr noch kurz vor dem Eintreten in das Zelt darüber nachgedacht habt.

→ (107) **Also, ab ins Bad!**

→ Nein, hier braucht niemand eure Hilfe. Das Klagen stammt von einem Mann, der mit dem Gesicht nach unten nackt auf einer hölzernen Pritsche liegt. Auf seinen Rücken setzt ihm ein Arzt ein Dutzend Halbkugeln aus Bronze, um ihn zu schröpfen. So soll die Lebensenergie in den müden Krieger zurückkehren.

Als ihr hört, wie der Mann mit „Odysseus" angesprochen wird, setzt ihr euch zu ihm.

Er spricht mit euch wie mit alten Bekannten. Hektor übersetzt zitternd: „Der blinde Seher Kalchas mahnt die Griechen: Nur durch eine List können Trojas Mauern überwunden werden!"

Die Augen von Odysseus leuchten. Er streift die Schröpfköpfe von seinem Rücken und setzt sich auf. Sein Plan: In einer Stunde werden die letzten Zelte abgebrochen sein. Die Bucht wird verlassen daliegen, nur ein großes hölzernes Tier wird am Strand zurückbleiben. Die Trojaner werden es in ihre Stadt ziehen und eine Siegesfeier beginnen. Doch die Figur ist hohl, ein ideales Versteck für viele Krieger. Wenn alle schlafen, will Odysseus mit seinen Männern aus der Figur springen, von innen die Stadttore öffnen und die Stadt nach mehr als zehn Jahren endlich niederbrennen. Wie ihr wisst, wird es funktionieren.

Stolz legt sich Odysseus seine Rüstung wieder an.

„Diese Figur wird in die Geschichte eingehen!“, verkündet er. „Der Trojanische Zieselwurm!“

Er schlägt die Zeltplane beiseite. Im Sand dahinter liegt ein riesiger Zieselwurm aus Holz.

Hektor nimmt den listenreichen Odysseus beiseite und bespricht den Plan noch einmal mit ihm. Schließlich nickt der Held.

„Was hast du ihm gesagt?“, will Theo wissen.

„Ich hab ihm vorgeschlagen, lieber ein anderes Tier zu nehmen“, erzählt Hektor. „Erst wollte er ein Robbenbaby bauen, weil er die so süß findet. Dann eine Trojanische Rotbauchunke. Schließlich hab ich ihn aufs Pferd gebracht. Im Tausch gegen drei Plätze in dem Tier!“

→ (113) **Ihr beteiligt euch am Umbau des Wurms.**

→ (85) **Ihr schlendert noch einmal durchs Lager.**

→ **Richtig gedacht!** Während alle Griechen an der Stadtmauer Trojas stehen und den Kampf des Jahrtausends erwarten, arbeiten auch die Schmiede nicht, die mit euch noch ein Hühnchen zu rupfen haben. Leider ist aber auch niemand da, der in den Waffenschmieden das Feuer schüren oder den riesigen Blasebalg bedienen könnte. Ihr versucht es kurz, müsst aber schnell aufgeben.

Unverrichteter Dinge wollt ihr nun doch zur Stadtmauer gehen, doch es ist zu spät. Ihr habt den Kampf verpasst, dessen Ruhm noch 3 000 Jahre nachhallt, von dem noch Ururururururenkel der Krieger schwärmen werden.

Als Strafe für dieses Desinteresse holt euch der Magier zurück – euer Geschichtslehrer wird ihm sicherlich Recht geben, oder?

In einem endlosen Schultag werdet ihr von heute bis in alle Ewigkeit die Sage über die Eroberung Trojas erzählen müssen – und stets eine fette Sechs bekommen.

→ ⊗ **Ein unendliches ENDE.**

→ **Mit vereinten Kräften** versuchen die Frauen, das schwere Möbelstück beiseite zu schieben. Theo bückt sich und schiebt den Schlüssel mit Schwung unter den Schrank.

Als die Geheimtür zum Vorschein kommt, liegt davor ein etwas krummer Schlüssel. Lydia hebt ihn auf.

Keiner hat bemerkt, dass Theo ihn dort hingeworfen hat, also ist auch der zweite Teil eures Auftrags erfüllt. Gleich müsste der Strudel einsetzen, der euch zurückholt.

Doch als Lydia den Schlüssel ins Schlüsselloch schiebt, passiert das Unfassbare: Der Schlüssel bricht wieder in zwei Teile, die Tür lässt sich nicht öffnen!

Lydia zieht und dreht verzweifelt an dem Metallstück herum, doch nichts passiert.

Plötzlich entsteht eine Unruhe: Lärm erfüllt die Hallen, und einige Griechen stürzen in euren kleinen Seitengang.

Als sie die Frauen und Kinder bei euch erblicken, glänzen ihre Augen. Sklavinnen kann man schließlich immer brauchen! Im Eilschritt kommen sie auf euch zu.

Theo möchte die Griechen mit einem Trick ablenken, damit Hektor die Tür öffnen kann.

Hektor will die Griechen lieber mit dem Schwert von den Frauen und Kindern fernhalten, Theo soll in der Zwischenzeit die Tür eintreten. Hört sich beides ziemlich trostlos an. Für welche der beiden miesen Möglichkeiten entscheidest du dich?

→ (119) **Hektor soll die Griechen aufhalten.**

→ (89) **Theo soll die Griechen ablenken.**

→ **Schwere Gesteinsbrocken** schlagen neben eurer Gruppe auf dem Marmorboden ein. Verschreckt wollen die Kinder zurücklaufen, doch das wäre ihr sicheres Ende.

Du entdeckst hinter einer umgefallenen Säule einen schmalen Seitengang, rasch schickt ihr die Troerinnen hindurch.

Am Ende des kleinen, geschützten Ganges steht ein schwarzer Schrank aus Ebenholz!

Worauf wartet ihr noch? Wenn er brennt, lässt er sich nicht mehr so leicht zur Seite schieben.

→ (104) **Ihr lauft hin.**

➔ **Auf dem Weg** durch das Lager seht ihr schon, wie sich die Griechen im Meer den Staub des Kampfes vom Körper waschen. Nur die wenigsten können es sich leisten, Süßwasser mit Holz anzuheizen und sich in ihren Zelten zu waschen. Ihr macht es den einfachen Soldaten nach. Am Ufer reiht ihr euch ein und wascht euch ordentlich.

So gereinigt, geht ihr zum Zelt von Achilles, wo nun schon ganze Horden auf den Helden warten. Zwar steht ihr ein Stück vom Zelt entfernt, trotzdem kannst du aus dem Innern deutlich Stimmen hören – nur leider nicht verstehen. Mit einem Knuff machst du Hektor darauf aufmerksam. Der lauscht und nickt dabei wissend mit dem Kopf.

„Priamos, der König der Trojaner, ist bei Achilles!", sagt er mit bebender Stimme. „Der Greis erbittet die Herausgabe der Leiche seines Sohnes Hektor von Achilles!"

„Aber der bleibt stur, oder?", will Theo wissen.

Hektor schüttelt den Kopf.

„Nein. Der alte Mann hat sich ganz allein in das Lager der Griechen geschlichen. Das imponiert Achilles. Er gibt die Leiche frei!"

Zwölf Tage sollen auf beiden Seiten die Leichenfeiern dauern, verabreden sie, erst danach soll wieder gekämpft werden.

„Zwölf Tage?“, mault Theo. „Geht denn dieser Irrsinn nie zu Ende? Ich will nach Hause!“

Bevor er sich weiter aufregen kann, tritt Achilles aus seinem Zelt. Nun rollen die Streitwagen heran. Alle Fürsten der Griechen erweisen dem toten trojanischen Königssohn in ihrer besten Rüstung die letzte Ehre.

Dann kommen die Krieger. Sie tragen den festlich geschmückten Patroklos, Achilles selbst hält ihm den Kopf und benetzt dessen Gesicht mit seinen Tränen. Ihr geht mit. Hinter euch ziehen noch tausende zu Fuß hinter dem Zug her.

Am Scheiterhaufen angekommen, kniet Achilles nieder, schneidet sich mit dem Schwert seine Locken ab und drückt sie dem Freund in die Hände. Auf die geschlossenen Augen des Toten legt er Goldstücke, damit ihn Charon über den Fluss Styx in das Totenreich, den Hades, übersetzt. Als Opfer für die Götter werfen die griechischen Fürsten Honig- und Ölkrüge, Schafe und Ziegen, vier lebendige Pferde und zwei Hunde auf den Scheiterhaufen. Dann stecken sie das Gerüst in Brand.

„Da vorne!“, jubelt Hektor plötzlich. „Das muss Odysseus sein!“

Er zeigt auf einen feingliedrigen König auf einem prächtigen Streitwagen.

Bevor ihr euch zu ihm durchschlagen könnt, schließt euch jedoch der große Ajax in die Arme und will euch zum Festschmaus führen.

„Wenn das so weitergeht, kommen wir nie ans Ziel!“, murmelt Theo. „Los, wir wimmeln ihn ab!“

→ (96) **Ihr wimmelt ihn ab und versucht, euch zu Odysseus durchzudrängeln.**

→ (117) **Beim Festschmaus trefft ihr Odysseus sicher auch. Klar geht ihr mit.**

→ **Leise, aber doch schnell** wie die Wiesel huscht ihr durch die schlafende Stadt. Jedermann war nach der langen Belagerung so froh, dass sich selbst die Wachen im höchsten Turm der Stadtmauer hemmungslos betrunken haben. Ihr Schnarchen ist lauter als eure Schritte.

Oben im Turm angekommen, könnt ihr die gesamte Stadt überblicken. Zwei Gebäude fallen euch besonders auf: der Palast von König Priamos und ein Tempel.

„Auf zum Tempel!“, beschließt Theo. „Wo sollte eine Tempeldienerin sonst sein!“

„Und was nutzt sie uns, wenn wir den Geheimgang nicht kennen? Wir müssen zum Palast, von dort aus geht der Gang ab!“, widerspricht Hektor.

Du weist sie darauf hin, dass ihr gar nichts mehr machen werdet, wenn ihr das Feuer nicht bald entzündet.

Ihr vertagt die Entscheidung auf später, steckt den Turm in Brand und lauft zum hölzernen Pferd zurück. Die Krieger waren schon kurz davor, ohne euch loszuschlagen. Nun springen sie heraus und eilen zur Stadtmauer. Ohne den geringsten Laut öffnen sie die gewaltigen Tore. Kurz darauf dringen die ersten Krieger ein. Johlend ziehen die Griechen durch die Stadt – notgedrungen seid ihr bei diesem Überfall dabei. Die schlaf- und weintrunkenen Troer kommen kaum dazu, Gegenwehr zu leisten.

„Schnell, wir müssen Lydia retten!“, brüllt euch Theo gegen den Lärm des Kampfgetümmels zu.

„Wir wissen doch aber nicht, wo der Gang ist“, wirft Hektor ein.

Du zögerst nicht lange.

→ (120) **Ab zum Tempel.**

→ (92) **Ab zum Palast.**

→ **Kaum seid ihr** in eurem Versteck angekommen, als der trojanische Hektor das Schiff triumphierend in Brand steckt. Es ist echt keine böse Absicht dabei.

Aber eine Frage sei erlaubt: Wenn euer Kumpel Hektor die Sage doch so genau kennt, warum hat sein Gedächtnis ausgerechnet an dieser Stelle versagt?

Einen Trost gibt es für euch allerdings. Als das verkohlte Schiff untergeht, treibt es ein Stück aus der Bucht und stößt auf eine unterirdische Blase mit Eisenvitrinol. Die hervorblubbernde Chemikalie konserviert euch in eurem jetzigen Aussehen für die Ewigkeit.

1890 findet euch Heinrich Schliemann in der Bucht und glaubt König Agamemnon vor sich zu haben (Hektor), außerdem einen typischen Einwohner Trojas (dich) und das fehlende Glied zwischen Mensch und Affe (na, wer wohl?).

Als berühmte Ausstellungsstücke seht ihr die wichtigsten Museen der Welt von innen.

→ ⊠ **Ein glorreiches ENDE.**

Um aus einem Wurm ein Pferd zu machen, sind einige Handgriffe nötig. Kurz bevor ihr fertig seid, haut sich Theo mit der flachen Hand an die Stirn.

„Ich muss den Schlüssel doch noch reparieren lassen!“, sagt er aufgeregt.

Tja, dafür ist es jetzt wohl zu spät, oder?

85 **Ihr seht euch noch schnell im Lager um.**

→ **Euren Freund** hält jetzt so schnell keiner mehr auf. Geht mit oder spürt seinen Tritt in eurem Hintern.

→ (83) **Och, nö. Ihr habt es euch plötzlich anders überlegt und geht doch lieber mit zum Zelt von Achilles.**

→ **Odysseus opfert** einen Ziegenbock und bespritzt mit dem Blut die nagelneue Bronzestatue der Göttin Athene. Dann beschwört er eine Hand voll Männer, in den nächsten Stunden absolut keinen Mucks von sich zu geben, bis ihr in den Mauern von Troja seid.

Die Blitze, die daraufhin neben dem Pferd einschlagen, deuten die Männer als Zustimmung von Zeus.

Neben euch und Odysseus steigt auch Menelaos ein, der endlich seine Frau Helena wiederhaben will, dazu der Sohn des Achilles und andere Helden. Theo zieht schließlich von innen die Luke zu und setzt sich vor den Riegel. Dann schweigt ihr im Dunklen.

Nach einer Ewigkeit hört ihr von draußen Stimmen. Wenig später setzt sich das Pferd in Bewegung. Hunderte von überglücklichen Trojanern ziehen es durch das größte Tor hindurch in die unbezwingbare Stadt. Trubel und Musik dringen an euer Ohr, es wird getanzt, gelacht und immer wieder siegestrunken gejubelt. Alle nehmen an, nach zehnjährigem Krieg sei von den griechischen Angreifern nichts außer diesem Abschiedsgeschenk übrig geblieben – wie man sich doch irren kann! Nach einer weiteren, schier endlosen Zeit wird es ruhig. Nur ab und zu hört ihr dumpf einen Schnarcher durch das Holz. Mitternacht – die Zeit für den zweiten Schritt des Plans ist gekommen!

Leise öffnet ihr die Luke. Hektor, Theo und du stehen als Erste in der Stadt.

„Wie sollen wir hier bloß Lydia finden, um ihr den Schlüssel zu geben?“, fragt Hektor.

„Wir müssen Zeit gewinnen!“, flüstert Theo zurück. „Vielleicht können wir so auch noch andere Troer retten!“

Er will die Klappe des Pferdes von außen verriegeln, sodass die Griechen eine Weile gefangen sind.

Hektor möchte lieber Odysseus vorschlagen, ein Feuer auf dem höchsten Turm zu entzünden. Es soll das Signal für die Griechen sein, ihre Schiffe zurückzulenken und anzugreifen.

Du siehst dich um. Noch ist alles still, doch die Zeit verrinnt. Also, was nun?

→ 95 **Theo verriegelt fest die Klappe, und ihr seht euch nach Lydia um.**

→ 110 **Hektor schlägt Odysseus vor, dass ihr ein Feuer entzündet.**

→ **Während das Feuer lodert,** tragen ein Stück entfernt Sklavinnen Platten mit köstlichem Essen herum. Irgendwie hat jedoch keiner von euch Appetit. Plötzlich zeigt Hektor auf die Stadtmauer von Troja. Hinter den gewaltigen Steinwällen kräuseln sich Flammen in den nächtlichen Himmel. Auch hier haben die Totenfeierlichkeiten begonnen.

Der große Ajax nimmt euch in den Arm. Er hat schon mehrere Kelche Wein den Göttern geopfert, indem er ihn runterschluckte. Nun hält er auch euch den Becher hin, ihr sollt ebenfalls trinken.

„Oh, nein!", schimpft Theo leise. „Bleib mir mit dem gegorenen Mist weg!"

Der erzürnte Held droht euch schon mit ewiger Feindschaft, doch urplötzlich umgibt euch ein undurchsichtiger Nebel. Ajax glaubt, dies sei ein Werk von Pallas Athene. Ihr habt eher den Magier im Verdacht. Er hat euch ausnahmsweise gerettet, doch der Nebel hat eine Nebenwirkung: Er macht unglaublich müde! Ihr schlaft und schlaft und schlaft.

→ 79 **Zeit zum Aufstehen!**

→ **Alles steht in Flammen.** Euch wird schlagartig klar, dass die Archäologen um Schliemann nur einen Bruchteil von dem kennen lernen werden, was Troja eigentlich ausmacht. Euch wird auch klar, dass ihr gleich nur noch Asche seid, wenn ihr zu viel über die Zukunft nachdenkt.

Als die Flammen immer dichter an euch heranzüngeln, reißt Theo einen der dicken Vorhänge herunter, die die nackten Wände bedecken. Hektor kapiert ohne ein weiteres Wort und schüttet einen mannshohen Wasserkrug über den Stoff. Alle 80 Trojaner und ihr drei passen unter diesen Schutzschild. Das Wasser verdampft zischend, aber ihr kommt heil aus dieser Hölle heraus und rettet euch in einen kleinen, unscheinbaren Seitengang.

Als ihr das Tuch hochschlagt, steht ihr vor einem wuchtigen Schrank.

→ (104) **Das muss der Einstieg zum Geheimgang sein, ihr eilt hin.**

Hektor zieht das Bronzeschwert unter seinem Umhang hervor und tritt den Griechen mutig entgegen.

Doch die Übermacht der Plünderer ist selbst für euren Sportsfreund zu viel, auch wenn er seit Jahren Fechtunterricht nimmt.

Theo rennt mit dem vollen Gewicht eines erwachsenen Elefanten gegen die Tür des Geheimgangs, doch das Holz gibt keinen Millimeter nach. Schließlich wird es ihm zu bunt.

„Hektor, fummel du die dämliche Tür auf, ich kümmer mich um die da!“

Hektor ist verzweifelt damit beschäftigt, acht Krieger auf einmal abzuwehren. Noch hält er stand.

89 **Euch bleibt keine andere Wahl. Theo soll sein Glück mit den Angreifern versuchen, auch wenn die Chancen minimal sind.**

→ **Was für eine Verwüstung!** Die gesamte Stadt wird von den Griechen Stück für Stück in Schutt und Asche gelegt. Kein Ziegelstein bleibt auf dem anderen. Ihr haltet euch schützend die Arme vors Gesicht und lauft quer durch das Getümmel.

Der Tempel ist nicht zu übersehen – wegen der riesigen Flammen, die daraus hervorzüngeln!

„Mist!“, schimpft Theo. „Da finden wir wohl niemanden mehr!“

„Aber da!“

Du zeigst auf eine Gruppe von Kindern und Frauen, die sich ängstlich einen Weg durch das Chaos bahnen. Ihnen voran geht eine Frau, deren Gesicht keine Furcht verrät. Und in ihrem Haar steckt ein bronzener Kamm!

Gemeinsam steigen sie die Stufen zum Königspalast hoch.

Hektor rennt zu der Frau.

„Lydia?“, fragt er. Die Tempeldienerin nickt.

Sie wechseln noch ein paar Worte, die aber im Kampflärm untergehen. Dann kommt Hektor triumphierend zu euch zurück.

„Schnell, wir müssen ihr folgen! Lydia weiß, wo der Gang ist! Eine alte Priesterin konnte sich noch erinnern und hat sie hingeschickt!“

Voller Hoffnung folgt ihr der Gruppe.

Die Tempeldienerin läuft unbeirrt durch den Palast von Priamos. Mal biegt sie links ab, mal rechts, bis sie in einem kleinen Seitengang stehen bleibt.

„Hinter diesem Ebenholzschrank soll der Gang angeblich sein!“, übersetzt Hektor ihre kleine Rede, mit der sie den Kindern und Frauen Mut machen möchte.

Mut habt ihr alle nötig, denn das Feuer hat auf den Palast übergegriffen. Von Sekunde zu Sekunde wird es spürbar heißer.

→ 104 **Ihr stürzt zu dem Schrank und versucht, ihn zur Seite zu schieben – was sonst?**

Wieder zu Hause ... Als du die Augen aufmachst, tänzelt Theo noch immer mit seinem Laserschwert durch den Raum.

„Nimm das, Artride, hier Pelide, da Myrmidone!“, schimpft er wie in Trance. Plötzlich macht es *Wusch!,* und der neongelbe Balken ist verschwunden.

„Man sollte eben keine chinesischen Batterien kaufen“, murmelt Theo. „Was, wenn die zwei Minuten eher versagt hätten?“

Ihr beeilt euch, die Bronzehand wieder an ihren Platz zu bringen.

Auch Hektor bringt das geliehene Schwert zurück. Dann spürst du plötzlich die Anstrengung dieses überlangen Tages, obwohl im Hier und Jetzt keine Minute vergangen ist.

Mit letzter Kraft streckst du deine rechte Hand aus, Hektor macht es dir nach, Theo legt seine obenauf.

So flüstert ihr gemeinsam die altbekannten Worte:

„Ich schwöre, niemandem auch nur ein Sterbenswörtchen von unseren Erlebnissen zu verraten – keinem Freund, keinem Verwandten ...“

„... und schon gar keinem Hektoraufspießer!“, fügt Theo hinzu.

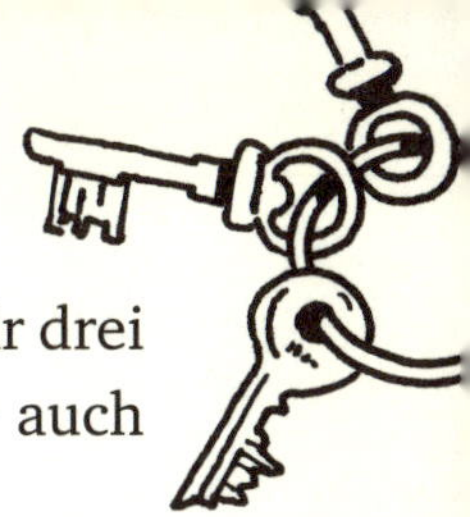

Dann verabschiedet ihr euch für heute. „Wir drei sind und bleiben das Bronzehandbündnis – auch beim nächsten Abenteuer!“

Sorgfältig schließt Hektor das Museum ab, und ihr verkrümelt euch durch die schlafende Stadt nach Hause – bis zum nächsten Mal.

Das Abenteuer ist noch nicht zu Ende ...

Begleite Theo und Hektor auch bei den nächsten gefährlichen Aufträgen in fremden Welten und vergangenen Zeiten.

Die ersten 20 Lebensjahre verbrachte THiLO in der Kinderecke der elterlichen Buchhandlung. Anschließend schaute er sich in Afrika, Asien und Mittelamerika um, bevor er mit Freunden als Kabarett-Trio „Die Motzbrocken" erfolgreich durch die Lande zog (Grazer Kleinkunstpreis/Hessischer Satirepreis).
Heute lebt THiLO mit seiner Frau und drei Töchtern in Mainz und schreibt neben seinen Romanen regelmäßig Drehbücher für u.a. Siebenstein, Sesamstraße, Schloss Einstein und Bibi Blocksberg.

Mehr über THiLO und seine Geschichten erfahrt ihr im Internet unter www.thilos-gute-seite.de.

Leopé erblickte 1960 in Heilbronn das Licht der Welt. Sobald er Stifte halten konnte, bemalte er alles, was ihm zwischen die Finger kam. Deshalb studierte er in Stuttgart Grafik-Design. Anschließend machte er eine Ausbildung zum Erzieher.
1995 veröffentlichte Leopé sein erstes Bilderbuch und hat seitdem mehrere Kinderbücher geschrieben und illustriert. Er lebt heute in Berlin.